늦게라도

시작하는 게

훨씬 낫지

Besser spät als nie:

Eine Liebeserklärung an das Alter

By Mechthild Grossmann & Dorothea Wagner

늦게라도 시작하는 게 훨씬 낫지

80이 넘어
내가 깨달은
것들

메흐틸트 그로스만·도로테아 바그너 지음
이덕임 옮김

미래의창

서문

친애하는 독자 여러분

여러분이 이 책을 손에 들고 있다니 정말로 감격스럽네요. 이 책은 '할머니와 손녀' 관계인, 우리가 나눈 수많은 대화를 기록한 칼럼에서 비롯된 것입니다. 이 대화는 나와 할머니 모두에게 큰 선물이 되어주었습니다. 대화를 통해 서로를 훨씬 잘 알게 되었기 때문입니다.

할머니와 손녀의 관계는 항상 특별합니다. 다행히도 우리는 지금까지 늘 친하게 지냈지요. 하지만 마치 부모 자식 같기도 한 우리 관계는 오랫동안 나를 돌봐주셨던 나의 할머니 메흐틸트 덕분입니다. 할머니는 나를 위해 존재하셨죠. 할머니는 나를 데리고 아이스크림을 먹으러 다녔고, 내가 벌에 쏘였을 때는 나를 치료해주셨으며, 전화로 요리 레시피를 알려주셨죠.

나는 사실 사람들의 내면세계에 대해 깊이 알지 못했던 것 같습니다. 할머니가 젊은 시절에는 어떻게 살았는지, 나이가 들어서 걱정하는 것, 행복을 느끼는 부분이 무엇인지, 또 중요하게 여기는 것이 무엇인지……. 우리는 가까웠지만, 나는 할머니의 많은 부분을 놓치고 살았습니다.

이 모든 것에 대해 할머니와 이야기를 나누고 난 후, 나중에 녹음한 내용을 들으며 나는 분명히 알게 되었습니다. 또한 함께 시간을 보내면서 나는 우리가 얼마나 비슷한 면이 많은지 알게 되었지요. 우리는 함께 웃었고 산책하는 동안 얼굴에 햇살이 내리쬘 때는 비슷한 모습으로 그 기쁨을 만끽했지요.

할머니가 과거에 대해 이야기했을 때, 나는 젊은 여성으로서 우리 두 사람이 얼마나 공통된 경험을 많이 했는지 깨닫게 되었습니다. 또한 할머니가 할아버지와 어떻게 사랑에 빠졌는지, 두 사람의 데이트는 얼마나 즐거웠는지를 들었고, 이후 할머니가 살아오면서 계획했던 것과는 다르게 일어나는 일들을 어떻게 헤쳐왔는지를 흥미진진하게 들었습니다.

이 대화를 통해 우리는 새롭게 만날 수 있었답니다. 우리는 모든 조부모와 손주들에게 이런 대화를 나누어보기를 권합니다. 조부모와 손주 세대가 서로 마음을 열게 되면 거기서 경험한 것들은 쉽게 사라지지 않습니다. 당신이 지난 10년 동안 얼마나 다른 삶을 살았건 간에, 그 안에는 당신의 할머니와 비슷한 삶의 경험이 있을 것입니다. 젊음의 불확실성과 설레는 첫사랑, 괴로운 역경과 일상의 크고 작은 행복…… 이러한 순간들이 얼마나 비슷한지, 조부모님의 삶을 통해 얼마나 많은 것을 배울 수 있는지를 깨닫는 것은 매우 소중한 일입니다. 우리가 함께 만들어가던 칼럼도, 이 책도 이제 끝났지만 우리의 대화는 영원히 남아 있습니다.

우리는 서로 다른 환경에서 자랐지만 서로에게 해줄 말이 아주 많다는 것을 알게 되었습니다. 서로에게 조언을 해주며 상대의 말을 귀담아 듣는 것은 얼마나 값진 일일까요? 우리는 결코 혼자가 아닙니다. 대화를 통해 우리는 서로 가까워지고 있기 때문이지요. 이제 독자 여러분이 귀를 열고 우리의 대화를 즐기실 때입니다.

메흐틸트 그로스만과

그의 손녀 도로테아 바그너

차례

2

3

4

1

아이쿠! 나 늙었구나!

나이에 겁먹는다는 것

나는 작은 가게에서 자원 봉사를 하고 있다. 최근에 나는 창고에 쌓인 먼지를 꼼꼼하게 닦고 싶어서 작은 사다리를 놓고 올라갔다. 그러자 다른 직원이 나를 향해 달려왔다.

"그로스만 부인, 조심하세요. 넘어질 수 있어요!"

나는 젊은이들을 기죽이는 법을 알고 있다. 나에게는 세 명의 자식과 여섯 명의 손자, 증손자 한 명이 있으니까. 젊은 남자 직원에게 시선을 고정시킨 채 나는 느리고 단호한 말투로 말했다.

"고맙지만 난 아직 100살도 채 안 됐답니다."

물론 그 불쌍한 직원을 기분 나쁘게 할 생각은 없었다. 하지만 나는 아직도 나를 늙고 허약한 할머니로 바라보는 다른 사람들의 시선에 익숙해지지 않는다. 나조차도 내가 늙었다는 사실을 줄곧 잊고 살기 때문이다. 물론 거울 근처에 다가갈 때를 제외하고는.

주름살이 늘어가는 것을 보며 나는 곧 늙어간다는 느낌이 들 것이라고 생각했다. 젊은 시절에 나는 어른이 되면 분명 세상이 달리 보일 것이라고 생각했다. 어른이 되어서는 노인이 되면 분명 다른 느낌일 것이라고 생각했다. 이제 나는 말할 수 있다. 전혀 그렇지 않다는 것을.

눈을 감으면 나는 내가 젊다고 느낀다. 마음이나 영혼, 뭐라고 부르건 그런 것들도 늙는 것인지 나는 궁금하다. 뭔가를 생각할 때 항상 내 머릿속에서는 어떤 목소리가 들려온다. 그 목소리는 젊은 시절부터 변한 것이 없다.

물론 내 삶은 많이 달라졌다. 모든 것이 바뀌었다. 어느새 나는 유부녀가 아니고 미망인이 되었다. 또한 이제 더 이상 어린 자녀를 둔 어머니가 아니라 증조할머니가 되었다. 이제 나는 일정한 스케줄이 없다. 매일 아침 침대에서 더 오래 머물러 있어도 된다. 친구들은 언제부턴가 더 이상 일상이나 방금 전 읽은 책에 대해 말하지 않고 대부분 병원에 간 얘기, 달고 다니는 질병에 대해서만 이야기한다. 게다가 세상과 단절되고 싶지 않다면 젊은 사람들이 나에게 세상에 대해 설명하는 얘기를 줄기차게, 정말로 줄기차게 들어야만 한다.

하지만 그것은 늙어가는 것의 한 부분일 뿐이다. 늙는다는 것에는 여러 가지 자잘하지만 멋진 순간들이 있다. 가령 나는 내 나이에 비해 몸이 매우 건강하다고 느끼는데 아침에 수영을 하러 갈 수도 있다. 또한 나이가 들면 놀라울 정도의 자유로움을 경험할 수 있다. 어느 누구에게도 의지하지 않고 무엇이 나에게 좋은지 결정할 수 있는 것은 정말 근사한 일이다. 크림 케이크도 내가 선택하고 향기로운 리슬링Riesling(청포도 품종의 하나로 독일의 라인 강이 원산지이다) 와인도 선택할 수 있다. 멋진 인생을 선택할 수 있다.

나이가 들수록 자신을 세상으로부터 멀어지지 않게 하려면 용기가 필요하다. 그렇지만 이 용기는 분명 가치 있는 것이다. 나이에 대한 두려움과 그로 인한 결과를 극복할 때마다 세상 속에서 살아가는 것이 얼마나 행복한 일인지 깨닫게 되기 때문이다.

언젠가 손녀가 전화를 걸어 나이가 드는 것이 어떤 것인지, 그것이 우리 삶의 크고 작은 순간에 어떤 의미를 갖는지에 대해 말해줄 수 있겠느냐고 물었을 때 내가 생각한 것은 바로 그것이었다. 내 마음속의 나는 전혀 늙지 않았다. 하지만 사실 얼마나 많은 것들이 변했는가? 게다가 손녀에게 이런 내 마음을 모두 보여주려면 이 모든 것들을 좀 더 깊이 생각해볼 필요가 있었다. 그래, 얘기해주마. 나는 손녀에게 대답했다.

내 삶에 대한 생각의 타래를 풀어 정리해보고 싶다. 가끔 머릿속에 스치는 외로움과 그 외로움에 맞서는 데 무엇이 도움이 되었는지 돌아보고 싶다. 수영복 밖으로 늘어진 살을 출렁거리며 야외의 수영장에서 걸어다니는 기분이 어떤지 이야기해보고 싶다. (쉿, 비밀인데 올바른 자세로 걷기만 한다면 이 또한 멋진 일이다. 아무튼 나는 지금도 야외 수영장에 가는 걸 좋아한다.) 또한 노인에 대한 여러 가지 편견에 대해서 이야기하고 싶고, 옛날보다 삶이 더 나아진 점도 있다는 걸 얘기해주고 싶다. (가령 세탁기나 패션, 교육 등.) 또한 사랑에 대해서도 말하고 싶다. 내가 여전히 섹스를 그리워하는지, 내 또래의 남자들이 어째서 '감자튀김 연애Bratkartoffel-Afferre(결혼도 동거도 하지 않고 그저 연애만 즐기는 패턴에 대한 비유)'를 선호하는지에 대한 질문에도 답해보려 한다. 또한 식기세척기에 그릇을 넣을 줄 알며, 나의 축 늘어진 살결을 부드럽게 쓰다듬으며 내가 제일 좋아하는 소설에 대해 이야기를 나눌 수 있는 새로운 사랑을 내가 얼마나 꿈꾸는지에 대해서도 말해주겠다.

나이가, 많은 이들을 두렵게 한다는 사실을 나는 안다. 사람들은 백발과 삐걱거리고 아픈 관절, 그리고 은퇴 후의 하품으로 점철된 공허한 날들을 두려워한다. 하지만 내가 나이 들어 배운 것이 있다면 이것 하나이다. 인생 최고의 시기는 노년에서 끝나지 않는다! 어쩌면 노년은 단지 시작일지 모른다. 무릎이 쥐어짜듯 아프건 말건 매일 아침 눈을 뜨면 크고 다채롭고 빠르게 흘러가는 세상에 대한 기대로 가득 차 있기 때문이다.

나는 아직도 필요한 것이 많은가?

노년의 쇼핑

나는 오랫동안 자줏빛 코트를 꿈꿔왔다. 사실 내 경험에 따르면 당신이 어떤 용도의 옷을 찾고 있다면 어느 가게에서건 쉽게 찾을 수 있다. 하지만 이번은 달랐다. 최근에 뮌헨에 있는 손녀를 방문했는데, 어느 가게의 진열대에 걸려 있는 외투에 우연히 눈길이 갔다. 디자인과 색깔, 그 모든 것이 내가 상상하던 그대로였다. 엄청 추운 날에는 어울리지 않지만 초봄의 쌀쌀한 날씨에 입기 안성맞춤인 그런 코트였다.

젊었을 때라면 나는 망설임 없이 코트를 집어서 계산대로 가서 달라는 대로 돈을 지불했을 것이다. 꿈의 코트를 발견한 사람이 응당 해야 할 행동 아닌가? 하지만 요즘에 나는 그런 순간에도 망설인다. 한 가지 질문이 머릿속에 박혀 있기 때문이다. 그럴 만한 가치가 있을까?

그 코트를 입을 수 있는 따스한 봄날이 나에게 얼마나 남아 있을지 모르겠다. 이는 나에게 앞으로 남아 있는 봄날이 얼마나 되는가의 문제와 밀접하게 연관되어 있기 때문이다. 한때 나에겐 삶이 끝없는 나날의 연속처럼 보였다. 이제 더 이상 그렇지 않다. 내 앞에 남아 있는 날들은 이제 어느 정도 헤아릴 수 있을 만큼의 숫자로 줄어들고 있다.

프랑수아 를로르François Lelord(프랑스의 정신과 의사이자 작가)의 책에서 나이에 대한 멋진 비유를 읽은 적이 있다. 개는 약 15년을 산다. 젊을 때에는 당신이 한 평생 여러 개와 살 수 있을 것이라 생각한다. 하지만 나이가 들수록 당신이 죽을 때까지 삶을 공유할 수 있는 개의 숫자는 줄어든다. 아마 나에겐 겨우 개 한 마리의 수명만큼의 시간이 남아 있을 뿐 그 이상은 아닐 것이다. 새로운 자줏빛 코트를 몇 벌이나 살 수 있을까에 대한 문제도 이와 관련되어 있다. 혹은 그와 적용시켜 생각해야만 한다.

나는 특히 내가 죽고 나면 쓰레기통에 버리거나 헌 옷 더미 속으로 들어갈 것이 분명한 물건들에 대해서는 고민을 많이 하게 된다. 다른 물건들은 걱정하지 않는다. 내 아이패드는 내가 죽은 후에도 주인을 쉽게 찾을 것이다. 내가 일부러 최신 버전을 샀기 때문에 내 손주 중 누군가가 그걸 물려받을 때쯤에도 여전히 쓸 만할 것이다. 핸드백? 누군가는 좋아할 것이다. 보석이야 말해 뭐 하겠는가? 하지만 옷은? 나는 가족 중에서도 유난히 키가 작기 때문에 내가 물려줄 자줏빛 코트는 딸의 허리춤에나 겨우 올 것이다.

문제는 내가 계속 자줏빛 코트와 같은 문제로 씨름하고 있다는 것이다. 남편이 죽기 전에 나는 작은 아파트로 이사했다. 최근에 진공청소기로 거실을 청소하면서 나는 카펫의 한쪽 면에 실이 많이 풀려 있다는 것을 알아차렸다. 수공예로 짠 카펫이어서 질이 좋은 제품이었다. 하지만 실이 풀어진 것은 카펫 탓만도 아니다. 거의 내 나이만큼이나 오래된 카펫이기 때문이다.

젊었다면 그런 것에 신경 쓰지 않았을 것이다. 그렇다면 나를 찾아온 손님들도 그런 일에 아무런 관심이 없는 젊은이들이었을 테니까. 하지만 이제 나의 집을 찾아오는 이들은 대체로 집안에 놓인 세간의 상태에 관심을 기울이는 나이 든 사람들이다. 나는 카펫과 같은 단순한 세간에 돈을 써야 한다는 운명을 거의 받아들이기로 했다.

그런데 갑자기 좋은 생각이 났다. 카펫의 위치를 반대 방향으로 돌려놓기로 한 것이다. 실밥이 터진 부분은 이제 소파 밑으로 들어가서 아무리 흠 찾기를 좋아하는 손님이라도 절대로 보이지 않게 되었다. 거실 마루 쪽에 깔려 있는 카펫은 아주 말끔해 보였다.

가구와 카펫을 옮기는 것은 몹시 지치는 일이다. 일이 끝난 후에는 신선한 공기를 마시며 쉬어주어야 한다. 나는 가게로 달려가 그곳에서 나를 기다리고 있던 자줏빛 코트를 입었다.

'내 인생에도 봄날이 필요해.'

내 마음이 그렇게 말했다.

짝을 찾아드립니다

오늘날의 파트너 찾기

젊은 남자들 여러 명이 내 식탁에 앉았다가 떠났다. 처음엔 딸들의 남자 친구였는데 나중에는 손녀들의 남자 친구들까지 다녀갔다. 남자 친구들은 모두 긴장하는 모습을 보였다. 가족들에게 자신을 소개하는 자리에선 항상 목소리가 떨리기 마련이다. 나는 후식으로 빨간 과일 젤리를 만들곤 했다. 그 자리에서 나는 항상 "걱정 마세요. 안 물 테니까"라고 농담하곤 했다.

요즘 사람들이 쉽게 여러 번 상대를 바꾸어가며 사는 방식이 나는 좋다고 생각한다. 서로 맞지 않으면 헤어지는 것도 훨씬 쉬워졌다.

하지만 오늘날의 파트너 찾기 방식에서 아쉬운 점이 있다면 어째서 모두 겉모습에 그토록 치중하는가 하는 것이다. 손녀 중 한 명이 뮌헨에 사는데 최근 그 애의 집에 갔을 때 손녀는 휴대폰을 꺼내 '틴더Tinder'라는 사이트를 나에게 보여주었다. 그 안에는 수많은 싱글들의 사진이 있었다. 만약 남자가 마음에 들면 오른쪽으로 밀고 맘에 들지 않으면 왼쪽으로 밀면 된다. 오로지 외모만 보고 선택하는 것이다.

기나긴 배우자와의 동반 생활에서 내가 배운 것이 하나라도 있다면 그것은 외모와는 상관없는 것이다. 젊은 시절에는 대부분 아름답다. 그러다 결국 누구나 주름과 틀니를 갖게 되는 때가 온다. 하지만 유머 감각과 같은 내적 요소는 외모와는 상관없다. 당신이 10대에도 유머 감각이 뛰어난 사람이었다면 연금수령자가 되었더라도 농담을 잘 할 것이다. 이는 '원나이트 파트너'와의 관계에서도 마찬가지이다. 같이 농담을 나눌 수 있다면 더 멋진 하룻밤이 될 것이다. 옷을 벗는 것도 어느 정도는 웃기는 일이 아닌가!

내 손녀는 틴더가 실생활에서 서로를 알아가고 서로의 성격이 맞는지 알아보는 데 매우 빠르고 유용한 앱이라고 말했다. 그런 다음 함께 농담 따먹기를 할 수 있는 사이일지, 아니면 지루한 저녁을 보내게 될지 실제로 시도해볼 수 있는 것이다.

학생 시절이었던 1950년대 후반, 나는 뮌헨 슈바빙Schwabing의 작은 방에서 세 들어 살았다. 심지어 그 방조차도 친구와 나눠 쓰고 있었다. 그래서 남자가 찾아오기라도 하는 날이면 미리 준비를 해야 했다. 게다가 그런 날에는 집주인도 반드시 나타났다. 그 당시에는 '커플 규정'이라는 것이 있었다. 미혼 여성이 세 들어 사는 방에 남자를 들이는 것에 대해 아무 제재를 가하지 않는 것만으로도 집주인은 처벌받을 수도 있었다. 우리 둘 중 한 사람이 남자 손님을 데리고 오면, 정각 10시에 집주인이 찾아와 주먹으로 방문을 두드리며 "그 남자를 방에서 내보내!"라고 소리치곤 했다.

당시 미래의 남편이었던 울리와 개인적으로 만나는 것은 쉽지 않았다. 그나마 그의 집주인은 우리 집주인보다는 좀 관대한 편이라 그는 몇 번 정도 나를 집으로 초대해도 좋다는 허락을 받았다. 요리용 냄비가 하나밖에 없던 처지에서도 그는 나에게 잘게 다져진 당근이 들어간 훌륭한 볼로네즈 스파게티를 대접해주었다. 그것은 나에게 깊은 인상을 남겼다. 훌륭한 요리사는 평생 훌륭한 요리사로 남을 것이다. 그건 유머 감각과도 같은 것이다.

그럼에도 불구하고 연애를 좀 더 쉽게 할 수 있는 분위기였다면 얼마나 좋았을까, 라는 아쉬움이 들 때가 많다. 시대가

변해서 집주인들이 더 이상 문을 쾅쾅 두드리지 않게 된 세상이 나는 너무나 반갑다. 〈카사블랑카〉 같은 영화에서 볼 수 있는, 위대하고 격정적인 사랑에 빠지는 일은 내 젊은 시절에는 도저히 가능하지 않았다.

내가 빨간 과일 젤리를 너무 자주 만드는 게 아닌가 싶을 때도 있지만, 그래도 나는 손주들이 행복을 위해 다양한(?) 시도를 하는 것이 보기 좋다. 현실에서 나는 더 많은 〈카사블랑카〉를 지지한다.

수영복 몸매의 비결

주름의 아름다움

나는 내 주름을 매우 잘 알고 있다. 매일 아침 화장실에 갈 때마다 마주치게 되니까. 우리는 같은 역사를 공유하고 있다. 어느 주름살이 언제 깊어져 내 피부 속으로 파고들기 시작했는지 일일이 다 기억할 수 있을 정도이다. 가령 눈꼬리와 관자놀이 사이에 생긴 주름살을 보자. 이것들은 50대 초반에 등장했다. 손주를 돌보던 시절이었는데 잠 못 이루던 밤마다 한 줄씩 늘어난 것이다.

나이를 먹으면서 우리는 시험대에 오르게 된다. 어느 날 거울을 보다가 갑자기 자신이 늙었다는 것을 깨닫는 게 아니다. 어느 때부터인지 얼굴이 피곤에 절어 있다. 아무리 자주 크림을 발라도 전혀 도움이 되지 않는다.

예전에는 길을 걷노라면 곁을 지나가는 남자들이 내 눈을 들여다보며 뭔가 알아챈 듯이 가벼운 미소를 짓곤 했다. 이제는 누구도 나를 그런 눈으로 바라보지 않는다. 대부분의 사람들은 나를 그저 '늙은이'라는 서랍에 가두어두는 것 같다. 그리고 그 서랍 안에는 '나이는 들었지만 저 분은 아주 우아하고 치열한 삶을 살고 있어'와 같은 별도의 칸은 없다.

나는 허영심이 많은 성격이었고 평생 그렇게 살아왔다. 학창 시절엔 까끌까끌한 모직 양말을 신느니 차라리 얼어 죽더라도 얇은 스타킹을 신고 학교에 가기를 즐겼다. 부모님이 점심 값을 주시면 나는 끼니는 간단히 때우고 빨간 립스틱을 사기 위해 악착같이 동전을 모으곤 했다. 학교에서는 절대로 립스틱을 바를 수 없었지만 그건 상관없었다. 그저 빨간 립스틱을 갖는 것이 그 당시 내 삶에는 커다란 의미였던 것이다.

그런 느낌들이 그립다. 아침에 거울을 들여다보면 내 안에서 빛이 흘러나오는 기분, 예쁜 옷을 입고 산뜻한 기분으로 거리를 지나가던 때가……. 젊을 때에는 너무나 쉽게 빛이 난다.

아침에 냉정하게 스스로를 검사하면서 나는 알아차린다. 축 처진 피부. 내 양쪽 팔뚝에는 사람들이 '닭 날개'라는 애칭으로 부르는, 축 늘어진 살덩어리가 매달려 있다. 마치 작은 날개 같다. 목의 피부도 흐물흐물, 주름이 가득하다. 굳이 말하자면 늙은 여자에겐 커다란 스카프를 두르는 패션이 상당히 효율적이다. 또 하나, 나는 더 이상 짧은 소매가 달린 상의를 입지 않는다.

더 중요한 것은 나이와 싸우기보다는 그것을 품위 있게 받아들이려 애쓴다는 점이다. 그렇다면 무엇이 대안일까? 나는 노화 방지 화장품을 믿지 않는다. 그것들은 대체로 주름이 별로 없는 젊은 여성들을 겨냥한 것들이다. 글쎄, 뭐라고 해야 할까. 80살이 넘은 내 나이에는 볼에 크림을 듬뿍 발라도 금세 증발해버리는 것 같다.

머리카락이라면 좀 나았을까? 흰머리를 염색하는 건 좀 효과가 있을지 모른다. 하지만 나는 속으로 생각한다. 그래 봐야 모두들 노인은 금방 알아본다. 마치 탈모를 가리려고 남자들이 남아 있는 머리칼을 한 올 한 올 민머리 위로 빗어 넘기는 것이나 마찬가지이다. 우리 수영장에도 이런 사람이 한 사람 있다. 그가 물에 뛰어드는 순간 대머리는 훌렁 드러나고 남아 있는 그의 머리칼은 수영장에 둥둥 떠서 그를 따라다닌다.

육체적 노화에 대한 유일한 정답은 침착하고 위엄 있는 태도다. 또한 단지 불편하다는 이유로 좋아하는 것을 포기하지 않는 것이다. 나는 수영을 좋아한다. 그래서 나는 계속해서 수영복을 입기로 했다. 닭 날개가 있든 없든 상관없다.

아침에 거울을 보면서 나는 한 가지 사실을 깨달았다. 삶이 불만스러울 때는 주름도 자글자글 넘쳐 보인다는 사실 말이다. 그런데 이 주름을 해결하는 간단한 해독제가 있으니 바로 '미소'이다.

대체 어디를 또 눌러야 되는 거지?

다른 사람들이 나에게 세상을 가르치기 시작할 때

남편은 우리가 가진 돈이 어떻게 투자되는지를 항상 신경 써서 관리했다. 그가 세상을 떠나고 나서 나는 처음으로 은행과 상담이란 걸 했다. 은행의 자문 담당자도 아마 그날의 중요성을 알았던 것 같다. 그는 계좌 명세서를 출력하여 총천연색의 밑줄을 긋고, 형광색 포스트잇을 붙인 다음 이제부터는 내 돈을 완전히 다른 방식으로 투자해야 한다는 식의 설명을 시작했다. 그의 표정에서 나는 보았다. 이렇게 불쌍하고 대책 없는 여자를 상대한다면 꽤 남는 장사를 하겠는걸!

나는 그런 상황에 대해 나름의 전술을 가지고 있었다. 그냥 고개만 끄덕이며 상냥히 응대하라. 결정을 내리지 말고 모든 것을 정확히 기억해두라. 그런 다음 이런 종류의 일을 잘 아는 친구에게 조언을 구하라.

내 경우에는 재정 자문가인 친구가 있었다. 나는 홀랑 사기나 당하는 가련한 할머니가 아니라고!

나쁜 점은 나에겐 정말 많은 상황에서 도움이 필요하다는 것이다. 어머니와 할머니로서 나는 오랫동안 다른 사람들에게 세상일을 가르치는 위치에 있었다. 하늘이 파란 이유는? (물리학에서는 색 스펙트럼 때문이라고 하지.) 실연의 괴로움은 어떻게 극복할까? (따분하게 들리겠지만 빨간 드레스를 사봐. 도움이 된단다.) 시험 전의 불안 초조와 싸우는 방법은? (핫 초코를 마셔봐.)

남편과 나는 가르침에 관한 한 멋진 분업 체계를 가지고 있었다. 나는 감정이나 일상의 문제에 대한 조언을 맡았고 남편은 행정이나 기술 분야를 맡았다. 그러다 남편이 알츠하이머에 걸렸다. 소파에 앉아 있던 어느 날, 나는 내가 빌어먹을 전구 하나도 바꿔 끼울 줄 모른다는 사실을 깨달았다. 일단 전구를 어디서 사야 하는지조차 몰랐다. 또 전구 소켓 사이즈를 어떻게 감별하는지도 알 길이 없었다. 썩 좋은 기분은 아니었다.

나는 이렇게 속수무책으로 살고 싶지 않았다. 세상을 알아야겠다고 생각했다. 그렇지 않으면 모든 것이 죽음에 의해 잠식될 것 같았다.

그래서 나는 그때까지 남편에게 맡겨두었던 일들을 가능한 빨리 익히기로 마음먹었다. 일단 아이패드를 샀다. 또한 딸과 함께 철물점으로 차를 몰았다. 세금 서류를 들여다보며 몰두하는 것이 싫어서 그것은 회계전문가에게 맡겼다. 나는 숫자를 좋아하지 않는다. 게다가 내 인생에는 그리 많은 시간이 남아 있지 않다.

지식의 공백을 메우기 위해서 나는 수많은 질문을 해야 했다. 그리고 내 질문에 응대하는 모습을 보면 그 사람의 많은 것을 알 수 있다.

낯선 사람에게 도움을 청할 때, 어떤 사람은 진지한 태도로 내가 부탁한 정보를 전해준다. 반면 나를 흘긋 보고, 얼굴의 주름을 확인하고는 일부러 말을 느릿하게 하는 사람도 있다. 이 책을 읽는 당신은 가게에 원하는 털실 색이 있는지 물어보는 게 대수로운 일인가 생각할 수 있다. 아니면 딸에게 인터넷으로 주문해달라고 부탁할 수 있지 않은가.

그런데 가족과 친구들에게 도움을 청하는 일은 사실 더 어렵다. 소파에 앉아 곰곰이 생각해보면 내가 전화해서 물어볼 만한 사람이 누가 있나 싶다. 내 가까운 사람들은 사실 대부분 바쁘게 산다. 나는 바쁜 이들에게 전화를 걸어 모르는 걸 물어보며 귀찮게 구는 늙은이가 되고 싶지 않다. 나는 전화를 걸어 다정하게 대화를 나눌 수 있는 멋진 늙은이가 되고 싶은 것이다.

그래서 나는 기술에 감사한다. 구글은 나의 질문에 대한 해결책을 대부분 찾아준다. 해답을 찾으면 나는 그것을 기록해둔다. 그렇게 해서 나는 아이패드 작동법도 배웠다. 아이패드 속 작은 기호들을 노트에 그린 다음, 각각의 기호들이 무엇을 의미하는지를 깨알같이 적어두었다. 또 이메일은 어떻게 보내며 이메일의 사진을 어떻게 저장하는지에 대한 사항들도 기록해두었다. 이렇게 적어둔 메모 덕에 손주들이 그리울 때면 이제 나는 화상통화로 이들과 연락도 할 수 있게 되었다. 이렇게 하면 된다.

숨을 깊이 내쉬세요

노년의 운동

엉덩이를 위로 밀어올리고 다리를 길게 내뻗는다. 정확하게 종아리가 조여오는 느낌이 든다. 나는 종아리 부위에 집중하여 근육이 천천히 늘어나는 것을 느끼며 효과를 높이기 위해 발꿈치를 요가 매트 위에서 내렸다가 들어올린다. 내일은 종아리 근육이 버터처럼 부드럽게 느껴질 것이다. 아래를 보는 이 개 자세는 정말로 멋진 동작이다.

나는 요가를 30년 넘게 해오고 있다. 나는 내가 사는 지역에서 요가를 시작한 초기 멤버이기도 하다. 나는 당시 남편과 함께 시골에 살고 있었는데 이런 인도식 운동 수업이 생긴다는 말을 듣고 호기심이 생겼다. 그 당시만 해도 요가는 엄청나게 이국적인 운동이었고 괴상하다고 생각하는 사람들도 꽤 되었다. 그래도 요가 수업을 하러 간 것은 정말 잘 한 일이었다. 이보다 나를 편안하게 이완시켜준 운동을 나는 상상도 할 수 없다. 요가는 또 그만큼 내 몸도 안정시켜주었다.

요가 덕분에 나는 일상생활에서도 좀 더 활력 있게 움직일 수 있게 되었다. 모든 동작에 의식을 두기 때문이다. 구부릴 때나 일어설 때 나는 요가를 할 때처럼 척추뼈를 천천히 곧게 펴려고 한다. 가령 서랍에 수건을 넣기 위해 몸을 웅크릴 때 나는 허리를 곧게 뻗는다. 또 앉을 때도 허리를 곧게 세우고 앉으려고 한다. 허리를 구부리는 습관 때문에 등이 바나나처럼 휘어지는 일이 없도록 하기 위해서이다.

평생 당신이 활동적으로 살아왔다면 그것이 노년에는 큰 이점이 된다고 나는 확신한다. 그렇다고 자신을 극한으로 밀어붙이는 맹렬한 스포츠를 하라는 것이 아니다. 지구력을 키워주는 느긋하지만 강한 운동을 말하는 것이다. 평생 산책하고, 수영하고, 계속 움직이되 소파에 늘어져 있는 것을 경계해야 한다. 공립 스포츠 센터를 다녀야 할 노년기가 되면 꾸준한 운동과 부지런한 생활 습관이 보상받는 날이 올 것이기 때문이다.

하지만 즐거움을 향한 어떤 종류의 적대적인 태도에도 나는 분명히 반대한다. 삶의 행복은 언제든 자신이 원할 때마다 케이크와 치즈 그리고 맛있는 과자를 먹을 수 있는 것에서 비롯되기 때문이다. 살면서 나는 너무나 많은 스포츠와 다이어트의 유행을 지켜보았는데 그 속에 휩쓸리기보다는 항상 자신을 사랑하는 것이 가장 우선시되어야 한다고 생각한다.

독일에서는 헬스 트렌드가 느리게 변화했다. 오랫동안 학생들이 운동하는 공간은 학교 안으로 제한적이었다. 젊은 시절 시골에 살 때, 여가시간에 조깅을 해야 한다는 생각을 하는 사람은 주변에 아무도 없었다. 누군가가 마을길을 달리고 있으면 마을 사람 누군가는 차를 세우고 목적지에 데려다주겠다는 친절을 베푸는 것이 당연한 시절이었다. 그 후 우리 지역에 테니스나 골프 클럽이 우후죽순처럼 생겨났지만 육체적인 운동보다는 주로 축제나 모임을 위한 사교적 목적이 강했다. 우리 가족은 겨울이면 간간히 하이킹을 하거나 스키를 타러 갔지만 그게 전부였다. 에어로빅 강좌나 회원제 헬스 클럽, 근육의 아름다움이 살아 있는 신체를 이상적으로 여기는 현상은 80년대에 와서야 진정으로 시작되었다 할 수 있다.

그럼에도 불구하고 독일에서 피트니스 붐이 일어나기 전부터도 여성들은 사회적으로 규정된 이상적 육체상으로 인해 현대와 마찬가지로 고통을 받았다고 생각한다. 60년대 잡지에 실렸던, 허약하고 바짝 마른 뷰티 아이콘처럼 보이기 위해 많은 여성들이 쫄쫄 굶거나 아예 운동을 하지 않고, 하더라도 최소한으로만 운동을 했다. 시골에 살던 나의 여자 친구들도 터무니없는 식단을 고수했다. 예를 들어 한 친구의 아내는 며칠 동안 다이어트를 한답시고 삶은 계란만 먹어댔다.

내가 요가를 좋아하는 이유는 다음과 같다. 요가는 위와는 정반대의 방식이기 때문이다. 자신의 몸에 세심하게 관심을 기울이고, 지독한 스포츠광이 자신의 몸을 철천지원수 다루듯이 밀어붙이지 않고 좋은 친구처럼 조심스럽고 부드럽게 대한다. 이처럼 요가에서 중요하게 여기는 자신에 대한 사랑과 마음 알아차림은 운동의 긍정적인 효과가 당신의 노년에 골고루 가 닿도록 도움을 준다. 몸이 시들어가도록 내버려두지 마라. 스스로를 포기하지 말고 작은 움직임만으로도 당신의 육신이 활성화될 수 있다는 것을 느껴보라. 아래를 보는 개 자세도 좋고 짧은 산책도 좋다.

진정 위안을 주는 것

조문 편지에 대해

나는 늘 그림의 배경 이야기가 궁금하다. 그림 속의 이야기를 알아야만 제대로 이해할 수 있기 때문이다. 뮌헨의 브란트호스트Brandhorst 박물관에는 그림이 가진 스토리 때문에 내가 정말 좋아하게 된, 사이 톰블리Cy Twombly(미국의 추상주의 화가)의 그림이 걸려 있다. 〈니니의 회화Nini's Painting〉라는 제목의 그림인데, 톰블리가 친한 친구의 배우자가 죽은 후 그린 그림 시리즈 중 하나이다.

그 그림 속에는 연필로 그린 커다란 고리 모양의 무늬가 가득 차 있다. 여러 겹으로 혼란스럽게 줄이 엉켜 있는 그림이다. 이 그림의 스토리를 모르는 사람이라면 낙서라고 생각할 것이다. 내가 보기에 톰블리는 죽음의 슬픔을 표현할 수 있는 정확한 언어란 이 세상에 없다는 것을 이 그림으로 보여주고 있는 것 같다. 이 그림은 할 말을 써내려가다가 결국 의미에 걸맞는 단어를 찾지 못해 구겨서 던져버리는 편지와도 같다. 말로 할 수 없는 슬픔을 이보다 더 훌륭하게 표현한 예술작품은 없다고 나는 생각한다.

어니스트 헤밍웨이는 조문 편지를 다음과 같이 쓴 적이 있다.

"이건 멋지게 쓴 편지가 아닙니다. 하지만 저는 너무 슬퍼서 멋들어지게 편지를 쓸 수가 없네요."

나는 그가 하려는 말이 정확히 무슨 의미인지 안다. 수없이 많은 조문 편지를 써야 했지만 어느 것도 흡족하지 않았다. 슬픔이 너무 컸기 때문이다. 나이가 들수록 사랑하는 사람들을 하나씩 잃어간다. 좋은 친구들과 따뜻한 정을 나누던 지인들이 길 위에서 사라진다. 이 상실이 당신을 벙어리로 만든다. 삶이 부당하고 제멋대로인 것처럼 느껴진다.

하지만 친족을 잃은 슬픔에 빠져본 경험자로서 말하건대 정직한 위로의 말은 크게 마음에 와 닿기 마련이다. 남편 울리를 잃었을 때 나는 마치 블랙홀에 빠진 기분이었다. 하지만 만나는 사람마다 울리가 자신에게 얼마나 소중한 사람이었는지,

자신의 인생에 울리가 얼마나 중요한 사람이었는지, 또 울리의 의견을 듣는 것을 얼마나 귀하게 여겼는지를 나에게 말해주었고, 그 말들은 나에게 큰 위로가 되었다. 내 슬픔이 혼자만의 것이 아니며 울리가 많은 이들에게 감동을 주었다는 것을 알게 되었기 때문이다. 또한 나의 남편이 세상에서 잊혀진 사람이 아니며, 무슨 일이 일어나건 무심히 돌아가는 세상 속으로 그저 휩쓸려 들어가버리지는 않았다는 것도…….

언어가 때로 얼마나 큰 의미를 가지는지 잘 알고 있으므로 나는 늘 조문의 편지를 쓰려고 노력한다. 하지만 톰블리의 그림에서 볼 수 있듯이 그건 너무 어렵다. 쉽게 줄줄 써내려 가고 싶다면 상투적인 표현들을 사용하면 되겠지만 문제는 그 구절들이 아무런 울림을 주지 못한다는 것이다. "당신의 슬픔에 동참합니다" "심심한 위로를 보내며" 혹은 더 최악의 표현인 "필요할 때 저를 꼭 찾아주세요"와 같은 문장들은 너무나 무의미해서 누구의 마음에도 닿지 못한다.

그래서 나는 나에게 고인이 어떤 의미였는지 적절하게 표현할 수 있는 언어를 찾기 위해 애를 쓴다. 편지를 쓸 준비가 되기까지는 여러 생각의 조각들을 종이에 적어두기도 한다. 더 나은 문장이 생각나면 덧붙이려고 초안을 서랍 안에 보관해둔다. 포스트잇에 편지 초안을 써두는 것은 나의 오래된 버릇이다. 남편이 너무나 우아하고 멋진 필체를 가지고 있었기 때문에, 우리는 일을 분담하곤 했다. 내가 그에게 적절한 표현으로 메모를 해놓으면 그는 멋진 필체로 카드 위에 편지를 쓰곤 했다. 이런 사소한 일에도 그가 얼마나 그리운지…….

내가 책상 서랍에 모아놓은 이 모든 조문 편지의 초안들은 말로 표현할 수 없는 슬픔이 어떤 것인지를 보여준다. 울리가 죽은 후 사람들이 보내준 위로를 나는 정말로 고맙게 생각한다. 슬픔이 여전히 나와 세상 사이를 가로막는 벽처럼 여겨지고 모든 것이 무미건조하고 잿빛으로 보일 때 나는 그 편지들을 다시 읽곤 했다. 카드와 편지는 공동묘지 서류와 함께 손님방의 서랍에 보관되어 있다. 내 방 근처에 놓여 있지만 내가 그걸 매일 볼 필요는 없다. 매일 곁에 두고 보는 것은 나에게 그다지 도움이 되지 않을 것이라고 생각한다.

하지만 나는 내가 겪은 비탄으로부터 중요한 것을 배웠다. 고통이 너무 깊어서 할 말을 찾지 못하는 것은 당연한 일이다. 단지 가족의 죽음 이후에 당신을 위로하는 다른 부분들이 있다는 것을 말하고 싶다. 울리의 장례식에 많은 사람들이 참석한 것을 보고 나는 무한한 감동을 받았다. 그 숫자만 보더라도 내가 혼자가 아니라는 생각이 들었다.

따라서 가능하다면 그저 조문 편지만 보내는 것보다는 장례식에 가는 것이 낫다. 슬픔에 빠진 지인이나 친척을 안아주고, 내가 슬픔 속에서 그들과 함께하고 있다는 것을 알릴 수 있기 때문이다.

울리가 죽은 후 내가 받았던 포옹이 아직도 기억난다. 어떤 이들은 흐느끼는 모습으로 간신히 말을 내뱉으며 나를 오랫동안 끌어안고 있었다.

“울리가 그리워요.”

그 한마디는 모든 것을 말해주었다.

나는 부드러운 증조할머니

손주 양육법

내 증손자는 식당에 가는 것을 좋아하지 않는다. 당연한 것이 그 애는 겨우 두 살이기 때문이다. 물론 나중에는 식당에 가는 걸 더 좋아하게 될 것이다. 하지만 외식을 한다는 것은 아이가 가만히 앉아서 오래 기다려야 한다는 것을 의미한다. 내가 두 살배기 아이라도 마찬가지로 따분할 것이다. 최근에 같이 레스토랑에 갔을 때 증손자는 스프링롤 두 개를 먹고 벌써 배가 불렀다. 그런 다음에는 슬슬 짜증을 내기 시작했다. 증조할머니인 내가 나서야 할 때가 되었다. 나는 레스토랑에 앉아 얼굴을 일그러뜨리고 그 녀석이 자지러질 때까지 혀를 내밀고 있어야 했다.

내 아이들이었다면 절대 그런 모습을 보이지 않았을 것이다. 내가 엄마였을 때는 그런 상황에서 차분하고 단호하게 대처해야 한다고 생각했다. 하지만 증조할머니가 되고 나서는 아이를 키우는 데 있어서 내 역할이 얼마나 달라졌는지를 깨닫게 되었다. 부모라면 결정적인 순간에 엄격함을 보여주어야 한다. 조부모라면 그보다는 훨씬 관대한 태도를 보여야 한다. 그렇다면 증조부모는? 마다할 일이 거의 없어야 한다.

나는 그저 아이가 즐거운 시간을 보낼 수 있게 해주는 증조할머니에 불과하다. 이 또한 보람 있는 일이다. 부모들과는 달리 내가 증손주나 손주들을 돌보는 시간은 훨씬 짧기 때문에 스트레스가 많은 상황에서도 좋은 기분을 유지하기가 더 쉽다. 부모로서의 삶이 아름답기는 하지만 일주일에 7일, 하루에 24시간 동안 아무 탈 없이 아이들을 돌봐야 한다는 것은 너무나 고달픈 일이다. 그 안에서 일어나는 크고 작은 위기를 모두 해결해야 할 뿐만 아니라 밤중에 깨는 경우가 많기 때문에 항상 피곤할 수밖에 없다.

반면, 내가 손주들을 위해 이 모든 일을 할 필요는 없다. 그저 일시적으로 몇 시간 혹은 하룻밤 정도 돌볼 뿐, 적어도 그 다음날에는 푹 쉴 수 있다는 것을 나는 알고 있다. 이런 점은 손주들이 잠을 자려 하지 않거나 코코아를 마시고 싶다고 떼를 쓸 때도 내 마음의 평정을 유지하는 데 많은 도움이 되었다. (나는 코코아 분말이 아니라 우유에 초콜릿을 넣어 녹여주기 때문에 아이들은 나의 코코아를 더 좋아한다.)

하지만, 짧은 시간 동안만 아이를 돌보는 데는 약간의 위험도 따른다. 아이들은 새로운 상황을 이용해 원하는 것을 얻으려고 꾀를 쓰기 마련이기 때문이다. 나 또한 과거에 이 전술을 아주 능숙하게 구사했는데 부모님의 의견이 항상 사전에 조율되어 있는 것은 아니었기에 가능했다. 열다섯 살 무렵 나는 댄스 파티에 가고 싶을 때면 항상 엄마에게 먼저 허락을 구했는데, 엄마는 늘 "아빠가 동의하면 허락해줄게"라고 말씀하시곤 했다. 그러면 나는 아빠에게 달려가 이렇게 묻곤 했다. "아빠, 오늘 밤에 나가도 돼요? 엄마는 괜찮다고 했어요." 물론 "아빠도 괜찮다면요"라는 핵심적인 문장은 빼먹었지만 말이다. 아무튼 이 수법은 매번 통했다.

물론 우리 손주들도 자기 부모가 사탕을 거의 먹지 못하게 하고 잠도 일찍 재우는 것을 내가 모르기를 바랄 것이다. 하지만 나도 그 수법의 전문가이다 보니 애들은 나를 이길 수가 없다. 다만 아이들에게 어떤 규칙을 적용해야 할지, 또 할머니로서 어떤 경우에 애들을 좀 더 느슨하게 대해도 좋을지 나는 애들의 부모와 많은 이야기를 나누었다. 가령 코코아를 마시도록 하는 대신 책 읽어주는 시간을 좀 더 길게 갖기로 애들과 합의하는 것이다. 나는 어린애들도 이미 상황에 따라 다른 규칙이 적용되는 것을 이해하고 있다고 생각한다. 예를 들어 내 집에는 코코아가 있지만 아이들이 저녁마다 그걸 마실 수는 없다.

그렇지만 나는 그런 규칙을 조금 느슨하게 적용시키는 걸 좋아한다. 아이들이 나와 함께했던 시간들을 즐겁게 기억하길 바라기 때문이다. 맛난 코코아와 느긋하게 책을 읽어주는 할머니, 멋진 옛날식 인형의 집이 있던 포근하고 안락한 마법의 장소로 이들의 기억에 남고 싶은 것이다.

할머니로서 나는 내 손주나 증손주들과 평생 같이 할 수 없다는 걸 잘 알고 있다. 나는 곧 죽을 것이다. 아주 가까운 시일 내에 죽을지, 좀 더 길게 갈지 그건 모르겠다. 그렇기 때문에 나는 아이들의 삶에서 아름다운 추억을 만들어주고 싶다. 나는 아이들이 나와 함께하는 시간 동안 내가 그들을 얼마나 사랑하는지를 느끼길 바란다. 나의 증손자는 너무 어리기 때문에 지루함을 달래주려고 자기를 향해 혀를 날름거리던 할머니를 나중에라도 절대 기억하지 못할 것이다. 하지만 언젠가 그 애가 이 글을 읽는다면 알게 되겠지. 널 웃기기 위해서라면 뭐든지 할 수 있단다, 내 소중한 아가야.

맛있는 케이크를 줘!

노년의 유혹

늙었다는 것이 특별히 좋아지는 순간이 있다. 가령 수영을 마치고 탈의실에 있으면 단장하는 젊은 여자들이 보인다. 한 겹 한 겹 공들여 화장을 하고 아이라이너와 마스카라로 마무리를 하며 이들은 바깥세상을 준비한다. 반면 나는 샤워하면서 머리를 감은 다음, 타월로 머리를 말리고 나서 겨드랑이에 디오더런트를 뿌리고 옷을 걸친다.

나이가 매일 몇 분의 여유시간을 나에게 선사하는 것 같다. 수영장에서 더 오래 머물러도 나중에는 젊은 여자들보다 먼저 수영장을 나설 수 있으니. 때로 노년은 당신에게 커다란 자유를 준다. 마치 나이가 당신에게 그런 자유로움을 주는 것 같다. 그 순간 나는 나이 든 것이 전혀 구슬프지 않고 근사하기만 하다.

화장도 마찬가지이다. 젊었을 적 나는 화장을 하고 속눈썹에 뭔가를 잔뜩 바르곤 했다. 하지만 나이가 들면서 화장하는 걸 멈췄다. 화장분이 주름살 속에 스며들어 더욱 나이 들어 보이게 만들기 때문이다. 이제 누구나 나의 진정한 모습을 볼 수 있다. 화장기 없는 코를 들어 햇볕을 쬐는 것이 행복하다. 귀찮기만 한 저녁의 화장 지우기? 이제는 그조차도 필요가 없다.

노후에는 많은 것들이 그 중요성을 상실한다. 몸과 함께 살아갈 시간이 점점 줄어들고 있기 때문이다. 젊었을 때 나는 늘 생각했다. 조심해야 해, 적어도 반세기 정도는 이 육신과 협동해야 할 테니까. 그래서 나는 척추의 건강에 각별히 신경을 썼고 무거운 물건은 들지 않으려 했다. 또 장기에 무리가 되지 않도록 진통제를 가능한 먹지 않으려 애썼다. 저녁에는 한두 잔의 와인을 마시긴 했지만 위스키는 절대로 마시지 않았다. 간이 건강해야 하기 때문이다.

이제 나는 늙었고 매우 다행히도 나의 건강은 좋은 편이다. 그래도 내 삶은 영원히 지속되지 않을 것이다. 하지만 바로 그런 이유로 예전에 여러 가지로 나를 위협하던 요소들이 그 힘을 잃어버렸다. 과거에 나는 관절 부상과 중독을 두려워하곤 했다. 하지만 이제는 더 이상 망설이지 않는다. 나에겐 앞으로 겨우 몇 년이 남아 있을 뿐이므로 나는 나를 행복하게 만드는 것이라면 뭐든지 해주고 싶다. 이제는 머리가 아프면 주저 없이 약을 먹는다. 달콤한 케이크나 맛있는 산양 치즈가 있으면 큼지막하게 잘라 먹는다. 칼로리가 많으면 어떤가! 만약 만성적인 통증이 있다면 마리화나를 피워볼 수도 있을 것이다. 그것이야말로 내 인생에서 전혀 새로운 것을 시험해볼 수 있는 기회가 아니겠는가. 하지만 지금까지는 저녁에 마시는 화이트 포도주 한 잔만이 내가 관심을 가지고 있는 유일한 마약이다.

내가 실험을 사랑하긴 하지만 자신의 몸을 존중하고 스스로를 사랑하는 것은 매우 중요하다. 비록 몸이 여기저기 아프고 예전처럼 활기찬 활동도 불가능하지만 말이다. 자신의 육체와 좋은 관계를 유지하기란 쉽지 않다. 하지만 육체에 대한 부정적인 감정을 극복하기 위해 나는 애쓴다. 가령 수영을 마치고 거울을 볼 때 나는 화장하지 않은 맨 피부와 주름진 어깨(그렇다, 어깨조차도 주름이 진다)를 마주하게 된다. 그럴 때 나는 내 몸이 나를 몇 년 동안이나 짊어지고 다녔는지를 생각해본다. 이 몸으로 세 아이를 낳고 남편을 품에 안았으며 독감이

나 배탈에서도 빠르게 회복되었나. 그리고 늙어서도 지금까지 수영을 할 수 있다.

내 몸은 좋은 친구 같다. 이런 몸을 위해 케이크 한 조각을 잘라주는 게 대수겠는가?

한 번씩은 바바 가누쉬Baba Ganoush•를 먹자!

입으로 여행하기

뮌헨에 있는 손녀를 방문할 때 난 한 가지 규칙을 정한다. 전에는 먹어본 적이 없는 음식이 있는 식당에 가보는 것이다. 다른 나라의 음식을 맛봄으로써 전 세계를 여행하는 기분을 누리기 위해서이다. 실로 간편하게 여행할 수 있는 방법이 아닌가! 나에게는 기차나 버스, 자동차나 비행기가 필요하지 않다. 잘 요리된 접시와 혀만 있으면 된다.

최근 마지막으로 뮌헨을 방문했을 때 비록 몸은 뮌헨에 있는 하이드하우젠 거리의 안락한 식당에 앉아 있었지만 나

• 구운 가지를 으깨어 올리브 오일 및 향신료와 섞어 만든 중동의 음식.

는 음식을 통해 이스라엘을 여행했다. 웨이터는 우리에게 진한 후무스Houmous(병아리콩 으깬 것과 오일, 마늘을 섞은 중동 지방 음식)와 으깬 훈제 가지 요리와 셀러리 그리고 사과 샐러드와 오븐에서 갓 나온 따끈한 피타빵Pita(가운데를 갈라서 다른 재료를 넣어서 먹을 수 있는, 길게 둥글넓적한 빵)를 가지고 왔다. 나는 눈을 감고 텔레비전에서 본 예루살렘과 텔아비브의 풍경을 그려보았다. 상상 속의 장거리 여행인 것이다. 나는 어렸을 때부터 방랑벽이 있었다.

내 세계의 경계는 좁았지만 나는 항상 그 너머에 어떤 세상이 있는지 알고 싶었다. 이제 나는 늙었고 내가 가보고 싶은 나라를 더 이상 여행할 수 없다는 것을 알고 있다. 하지만 여러 나라의 음식은 맛볼 수 있고 거기서 상상력을 발휘할 수도 있다. 노인의 방랑벽을 만족시킬 수 있는 가장 좋은 방법은 음식 여행을 하는 것이다.

게다가 대도시의 식당에서 여러 나라에서 온 요리를 맛보는 것은 내 삶에서도 새로운 경험이다. 식도락의 관점에서 보자면 나는 완전히 다른 시대 사람이다. 나의 어린 시절에는 전쟁으로 인해 이국적인 음식은 거의 접할 수 없었다. 감자가 우리 부엌을 지배하고 있었고 우리는 온갖 형태의 감자 요리를 먹었다. 삶거나 으깨거나 갈아서 튀기거나, 잘게 잘라 튀긴 감자 요리 등. 물론 삶은 야채도 있었다. 하지만 불행히도 맛있는 애호박이나 가지가 아니라 맛이라고는 느낄 수 없는 당근과 완두콩을 지나치게 익힌 요리가 대부분이었다.

전쟁이 끝난 직후 독일에서 여행할 수 있는 곳이라고는 호텔이나 숙소가 있는 바이에른 지역밖에 없었다. 1950년대가 되자 사람들이 휴가철이면 이탈리아로 차를 몰고 가기 시작했고 돌아와서는 집에서도 파스타와 맛있는 치즈를 찾았다. 곧 스파게티와 파르마산 치즈가 슈퍼마켓에 등장했고 사람들은 토마토를 예전보다 더 많이 먹기 시작했다. 이들 식재료는 그 전에는 독일에서 거의 볼 수 없었던 것들이었다. 시간이 지나면서 점점 많은 이탈리아 식당들이 문을 열었다.

그러면서 상황은 천천히 바뀌기 시작했다. 1950년대 후반 내가 뮌헨에 살 때에는, 이탈리아 식당이 몇 개 있었고 터키나 그리스 음식점도 여러 개가 생겼다. 중국 요리를 제공하는 식당은 훨씬 늦게 등장했다. 당시에는 정통 요리와는 거리가 먼, 독일 사람들이 요구하는 음식들이 주로 메뉴에 있었다. 스프링롤을 시작으로 해서 북경 요리를 메인 코스로 하는 경우가 많았다.

뮌헨에서 학생으로 살았던 젊은 시절에 나는 항상 돈이 모자랐다. 그래서 외식이라고는 드물게 한 번씩밖에 하지 못했다. 낭시 루드비히스드라제에는 굴라시Goulash(고기에 파프리카를 넣은 헝가리 스튜 요리) 수프를 시키면 원하는 만큼의 빵을 제공해주는 식당이 있었다. 나는 친구들과 그곳에서 만나 빵 바구니를 여러 개씩 비웠다. 돌아보면 그곳에서 내가 먹어 치운 모든 빵들에게 미안한 마음이 든다. 아마 그 식당이 없어진 것은 나의 굶주림 탓인지도 모르겠다. 하지만 당시 내가 갈 수 있는 식당이라곤 그곳밖에 없었다.

그러나 그 또한 양이 많아야만 비로소 만족스러운 음식이라는 평가가 만연했던 당시의 시대정신에 부합하는 것이었다. 전쟁으로 인한 궁핍이 사람들의 마음을 좀먹고 있던 시대였다. 프랑스 미식계에서 영향을 받은 최상의 요리에 대한 개념, 요리를 예술의 형태로 격상시키려는 움직임과 독일식 요리가 아닌 다른 나라의 정통 요리를 경험할 수 있는 풍조 등은 모두 한참 후에야 나타났다.

오늘날 뮌헨의 식당가 풍경이 그 당시와 너무나 달라졌다는 사실이 나는 기쁘다. 새로운 경험에 대한 나의 열망과는 별도로 내가 기쁨을 느끼는 이유는 달리 있다. 다양한 음식문화의 공존은 우리가 얼마나 오랫동안 평화로운 시절을 유지해왔는가를 보여준다. 여러 국가들 사이에 무역이 거의 없었던 나의 젊은 시절을 돌이켜보면, 레바논과 프랑스, 한국 음식을 먹을 수 있는 식당들이 즐비한 뮌헨은 놀랍다. 다른 나라의 음식을 맛본다는 것은 다른 문화를 더욱 구체적으로 경험하는 것이며 세계가 더욱 가까워진다는 것을 의미한다. 전쟁의 종말을 경험한 사람으로서 나는 언제까지나 이런 풍토가 이어졌으면 좋겠다.

일요일 저녁의 무서움은 어떻게 사라지는가

외로움에 대처하는 법

나는 남편 울리 옆에서 50년 동안을 잤다. 아침에 옆으로 돌아누우면 항상 그의 얼굴이 보였다. 곧게 뻗은 코, 부드럽게 구부러진 입술, 수염이 까칠까칠한 턱. 갓 면도를 했을 때도 여전히 수염 자국이 그의 뺨 위로 듬성듬성 보였다. 그것들은 항상 거기에 있었다. 마치 내 남편처럼.

이제 혼자 침대에 누워 잠든 지 6년이 되었다. 몸을 옆으로 돌리면 옷장이 보인다. 아니면 나무껍질 모양으로 된 벽지가 눈에 들어온다. 남편의 수염자국이 이렇게 그리운 날이 나에게 올지 몰랐다.

인생에서 가장 근본적인 질문 중 하나는 '외로움을 어떻게 극복하느냐'이다. 이유가 있든 없든 누구나 외로움을 느낀다. 외로움의 감정은 느닷없이 찾아오는데, 나의 경우에는 주로 일요일 오후에 찾아온다. 이 외로움은 삶의 색채를 모두 빨아들이는 필터와도 같다. 친구들과 함께 식탁에 앉아 있어도 외로움을 느낄 수 있다. 딸을 품에 안고 토닥거리는 순간에도 외로움을 느낄 수 있다.

그 중에서도 노인들은 외로움에 압도당할 위험이 매우 크다. 노인들은 직업도 없고 규칙적으로 해야 할 일도 없다. 또한 혼자 사는 경우가 많다. 우연히 어떤 친구나 자녀, 손자, 손녀들도 전화하지 않는 주말이라도 되면 당신은 마음이 찢어질 듯한 공허함을 느낄 수도 있다.

내 친구 중에서도 가족들에게 이에 대해 불평하는 이들이 많다. 자녀들과 같은 집의 별도의 공간에서 생활하는 친구들조차도 다른 가족들이 자신을 너무 찾아오지 않는다며 불평하기도 한다. 하지만 불평하는 것은 누구에게도 이롭지 않다는 것을 나는 너무나 잘 안다. 이는 자녀나 손주들에게 감당할 수 없는 죄책감을 던져주기 때문이다. 외로움을 느낀다고 말하는 것은 공허함을 혼자서 달랠 수 없기 때문에 도움을 요청하는 것과 같다. 하지만 그 누구도 당신을 도와줄 수 없다. 다만 혼자서 외로움을 감당할 수 없다는 것을 깨달으면 전문가의 도움을 받기를 바란다. 오늘날 많은 이들이 복잡한 심리학적 문제의 한계를 알고 있다. 우리가 원래의 모습 이상으로 강하게 자신을 포장하지 않아도 된다는 것은 좋은 일이다.

또한 삶을 포기하지 않고 애도의 시간을 보내고 나면 어느 순간 다시 인생을 즐길 수 있다는 사실은 우리에게 큰 위로를 준다. 물론 나 또한 남편이 저세상으로 간 후 그전과 너무나 달라진 삶으로 인해 큰 괴로움을 겪었다. 하지만 동시에 나는 고통에 대처하는 법도 배웠다.

나는 지금까지 숙제를 하듯이 외로움과 싸웠다. 무엇이 나에게 이로우며 어떤 것이 상황을 악화시키는지에 대해 세심한 주의를 기울였다. 그 과정에서 깨달은 중요한 것은 외로움을 느끼는 자신을 비난하지 말아야 한다는 것이다. 외로움이 마치 자기 연민처럼 느껴져서 나는 자신에게 몹시 화를 내곤 했다. 스스로를 불쌍한 인간으로 여기고 싶지 않았기 때문이다. 하지만 자신의 감정에 대해 분노를 느낀다고 해서 저녁에 기분이 좋아진다거나 하는 일은 없다.

저녁의 기분을 전환하는 데 도움이 되지 않는 행동 중 하나가 슬픈 음악을 듣는 것이다. 잠시 위안이 될지 모르지만 실은 그 기분 속에 흠뻑 젖어 있을 뿐이다. 차라리 아이스크림을 먹는 것이 훨씬 도움이 된다. 건강한 식단에 신경을 쓰는 건 좋은 일이지만 때로는 그저 행복한 느낌이 더 중요한 때가 있다. 당분을 섭취하게 되면 기분이 훨씬 좋아진다. 아니면 좋은 영화를 보거나 책을 읽거나 라디오 프로그램을 듣는다. 이는 신경을 완화시키는 데 도움이 된다. 잠이 들기 전에는 라디오의 부드러운 배경 소음이 스르르 잠드는 데 도움이 된다.

중요한 것은 아무리 절박한 외로움도 언젠가는 지나가기 마련이라는 것이다. 그것조차도 하나의 단계에 불과하다. 일요일 저녁이면 이러한 이치들이 나를 위로해준다. 마치 달력에 적혀 있는 다음 주 약속처럼 확실하다. 그리고 나 역시 인간이라는 사실에 대한 깨달음. 내가 나의 유일한 동반자라는 사실. 하지만 최악의 동반자는 아니다. 내 안에는 상당히 재미있는 생각들이 많이 오간다. 그저 그것들을 되새김질하기만 해도 좋다.

로마를 구경하고 죽다

크고 작은 모험들

기침 발작이 심하다. 한밤 중 로마의 한 골목에서 나는 피스타치오 아이스크림이 듬뿍 든 와플을 들고 있다. 내가 먹어본 아이스크림 중에 최고이다. 크림과 피스타치오의 조화가 환상적이다. 하지만 여전히 약간의 감기 기운이 남아 있던 나의 목에 걸린 피스타치오 조각들은 기침을 유발시킨다. 내가 저지른 미친 짓에 대한 벌을 받는 것인가? 80살이 다 된 나이에 낯선 도시에서 한밤중에 아이스크림을 먹다니!

오랫동안 나는 로마에 가는 것을 꿈꿨다. 남편은 대도시를 싫어했다. 그러다 보니 우리는 로마에서 휴가를 보낼 때도 항상 한적한 곳으로만 다녔다. 괴테는 나폴리 여행을 너무나 좋아한 나머지 "나폴리를 보고 죽으면 여한이 없다"고 말했다. 나는 항상 이 인용구의 도시를 로마로 바꾸었다. 또 흑백영화에 나오는 도시의 아름다움을 동경했다. 영화 〈달콤한 인생La Dolce Vita〉의 여주인공 아니타 에크베르그Anita Ekberg가 보자마자 탄성을 내지르며 들어가서 물장난을 치던 로마의 트레비 분수는 어떤가!

손녀딸은 언젠가 요즘 젊은이들은 평생 살면서 경험하고 싶은 일의 목록을 적어둔다고 말한 적이 있다. 내가 제대로 기억한 것이 맞다면 그걸 '버킷 리스트'라고 부를 것이다. 내 버킷 리스트 중 로마는 언제나 우선 순위에 놓여 있다. 손녀에게서 버킷 리스트 얘기를 들은 후 내 마음속에는 연쇄 반응이 일어나고 있었다. 그런데 크리스마스 선물로 손녀가 로마 여행 안내서를 주면서 함께 여행을 가자고 청했다. 몇 달 후, 나는 티셔츠 네 벌과 속옷 네 벌, 양말 네 켤레, 바지 한 벌, 그리고 수많은 알약들을 가방에 챙겨 넣었다.

어떤 사람들은 일상이 순조롭게 흘러갈 때 행복을 느낀다. 가령 밤에 베개 위로 머리를 눕힐 때, 아침 커피가 항상 같은 온도로 유지될 때, 냉장고에 좋아하는 치즈가 들어있고 신문이 우체통에 도착해 있을 때 이들은 행복을 느낀다. 반면 나는 언제나 모험의 동반자였다. 하지만 새벽 4시, 공항으로 가는

S-반Bahn 기차를 기다릴 때 모험을 조금 줄이고 좀 더 평범한 인생을 사는 게 나에겐 더 낫지 않을까 하는 생각이 어쩔 수 없이 들긴 했다.

그 질문은 이후로도 거듭 머릿속에 떠올랐다. 공항의 표지판을 읽지 못할 때, 손녀가 보안 검색대를 어떻게 통과해야 하는지 일일이 설명할 때, 베네치아에서 오토바이에 치이지 않고 횡단보도를 건너려 애쓸 때, 피스타치오 아이스크림을 먹고 밤에 기침 발작을 일으켰을 때도.

그러나 로마에서 나흘을 보낸 후 나는 감히 말할 수 있었다. 용기 낼 가치가 충분한 여행이었다!

내가 보기에 행복은 큰 행복과 작은 행복, 이 두 가지로 나눌 수 있다. 큰 행복은 나에게 멋진 가족이 있고 내가 여전히 꽤 건강하다는 사실이다. 작은 행복은 인생의 좋은 순간을 맛보는 것이다. 세계 최고의 피스타치오 아이스크림을 핥아먹는 것, 트레비 분수의 찬란한 빛을 보는 것, 일정한 목적지 없이 로마 거리를 어슬렁거리는 것. 저녁에 좋은 포도주를 한 잔 마시는 것.

나를 슬프게 하는 것은 오직 한 가지뿐이다. 나는 작별인사를 싫어하는데 장소와 작별하는 것도 이에 포함되어 있다. '모든 이별은 작은 죽음'이라는 프랑스 속담이 있다. 나는 좋아하던 곳으로 다시 돌아가는 것으로 작별의 슬픔을 위로하곤 했다. 하지만 로마 여행을 하면서 나는 그런 일은 다시 일어나지 않을 것이라는 것을 알았다. 손녀는 몇 년 후에 다시 로마를 찾아서 세상에서 가장 맛있는 피스타치오 아이스크림을 먹겠지. 나는 다시 그럴 일은 없을 것이다. 그래도 내년에는 암스테르담에 갈 수 있지 않을까?

결코 늦지 않다

노년의 새로운 경험들

내 앞의 접시에 버거가 놓여 있다. 그런데 어떻게 먹지? 옆 테이블에 앉은 남자를 보니 그냥 손에 들고 베어 먹고 있다. 버거에서 흘러나온 양파가 접시에 떨어져 있다. 아니, 이건 사람들 앞에서 보이고 싶은 내 모습이 아니다. 나는 손녀를 쳐다본다. 손녀는 훨씬 더 우아하게, 마치 경험 많은 외과 의사처럼 버거를 나이프로 잘라내고 있다. 그 정도는 나도 할 수 있을 것 같다. 나이프로 버거를 자르고 포크로 입에 가져가면 된다.

세상에, 믿을 수 없을 만큼 맛있다. 어떻게 버거도 먹어보지 않고 이렇게 오래 살 수 있었단 말인가. 인생 참 헛 살았다!

하지만 이렇게 나이가 들어 버거 시식회를 축하하게 된 것은 좋은 일이다. 뮌헨 거리를 거닐며 손녀와 함께 드디어 첫 버거를 먹어보기로 결정한다는 건 아직도 내가 경험하지 못한 것이 얼마나 많은지를 보여주기 때문이다.

내 나이에 징징거림이야말로 커다란 위험 요소이다. 내 또래들 중 많은 이들이 끊임없이 징징거린다. 건강에 대해서 혹은 좋은 시절이 끝나버렸다는 것에 대해서. 나는 이런 형태의 징징거림을 '절대로 다시는' 주문이라 부른다. 내 지인들이 읊조리는 문장은 항상 똑같은 단어로 시작되기 때문이다. 절대로 다시는 이런 일을 할 수 없을 거야, 다시는.

당연히 나는 그들을 이해할 수 있다. 무엇보다 나이가 든다는 것은 살면서 내 앞의 문이 점점 더 많이 닫혀가는 것을 의미한다. 정말로 해보고 싶었던 알프스 종단의 꿈이 이제는 정말로 실현 불가능하다는 것. 더 이상의 기회는 없다.

하지만 징징거리는 게 내 삶이 행복해지는 데 도움을 주지는 않는다. 과거가 얼마나 아름다웠는지, 이제 그 모든 것이 얼마나 덧없는지 날날이 이야기해봤자 일상의 멋진 순간만 망칠 뿐이다. 사실 이건 단지 노후에만 해당되는 문제가 아니다. 서른 살의 기혼자라 할지라도 안정된 결혼 생활로 인해 친구들과 하루가 멀다 하고 강변의 카페에 앉아 화이트 와인을 마시던 때로 돌아갈 수 없다고 매번 한탄만 한다면 그는 불행한 것이다.

때로 내 입에서도 '절대로 다시는'이라는 말이 나오려 할 때가 있다. 하지만 몇 년 전 나는 이에 대한 규칙을 세워두었다. 할 수 없는 일, 다시는 반복할 수 없는 일에 대한 불만이 올라올 때마다 내가 전에 한 번도 해본 적이 없는 일, 그리고 새롭게 발견할 수 있는 것에 대해 생각하는 것이다. 그 목록은 길다.

손녀와 함께 로마에 가기 전까지는 콜로세움을 본 적이 없었다. 아이패드를 사기 전까지는 콜롬비아에 사는 손자를 스카이프 화상 통화를 통해 볼 수 있다는 사실을 몰랐었다. 그리고 처음으로 버거를 감히 먹어보기 전까지는 샌드위치 종류가 얼마나 훌륭한 맛을 낼 수 있는지 몰랐었다.

이 모든 것이 그저 얼핏 듣는 것보다 훨씬 더 값어치 있다는 생각이 든다. 살면서 우리가 해볼 수 있는 모험이 얼마나 많은지를 보여주기 때문이다. 나는 매일 아침 일어나서 새로운 것을 배울 수 있다.

나는 아침에 수영하러 가는 걸 좋아한다. 수영을 잘 하는 건 아니지만 그저 끈기 있게 평영을 해나가다 보면 나쁘지 않다. 내 옆 트랙에는 종종 학생으로 보이는 어린 남자애가 자유형으로 수영을 하는데 그걸 보니 샘이 날 정도였다. 아무도 나에겐 자유형을 가르쳐주지 않았다. 그러다 나는 한번 용기를 내어 그 학생에게 내게 자유형을 가르쳐줄 수 있느냐고 물었다. 이제 몇 주에 한 번씩 그 소년에게서 수영 강습을 받는데 호흡을 조절하기 위해 애를 써야 하고 물도 많이 삼키고 뱉지만 그건 문제가 되지 않는다. 나는 살아 있다.

세탁기와 휴대전화에 대한 사랑의 선언

과거에 모든 것이 더 좋았다는 미심쩍은 말

나는 오늘 아침 식기세척기에 접시를 넣었다. 화장실에 있는 세탁기에 한 보따리의 이불 빨래를 밀어넣었다. 그리고는 신문지를 들고 소파에 앉는다. 그 뒤로 기계가 물을 빨아들이거나 돌리거나 씻느라고 윙윙거리는 소리를 낸다. 나는 몸을 쭉 펴고 고개를 끄덕였다. 집안 살림이 저절로 되고 있는 것이다.

세상은 더 이상 내가 어렸을 때와 같지 않다. 세상이 얼마나 빨리 진화하고 있는지 나는 경외심을 느낀다. 그래서 낭만에 사로잡혀 좋았던 과거에 대해 끊임없이 얘기하는 우리 세대 사람들을 나는 더더욱 이해할 수 없다. 나는 정반대의 입장이기 때문이다. 사실 이것은 더 큰 사회 차원에서도 적용된다.

독일은 현재 민주주의가 잘 정착되어 있으며 여성들도 더 평등한 삶을 누리고 있다. 뿐만 아니라 일상생활 구석구석에서 나는 그것을 느낄 수 있다.

여기 몇 가지 예가 있다.

첫째 딸이 태어났을 무렵에는 신발 가게에서 핫 핑크색 신발조차 구하기가 어려웠는데 그 정도는 견딜 만했다. 하지만 신발을 고정시키는 벨크로도 없을 때였다. 아기에게 신발을 신길 때마다 신발 끈을 묶기 위해 얼마나 고생해야 하는지는 부모들이라면 누구나 상상할 수 있을 것이다. 오늘날 내 증손녀들은 벨크로가 달린 신발을 신고 다닌다. 세상에, 그게 있었다면 얼마나 편했을까?

당시에는 구할 수 없었던 일회용 기저귀도 마찬가지다. 내 아이들은 천 기저귀를 차고 다녀야 했다. 나는 기저귀를 커다란 솥에다 삶은 다음, 펄펄 끓는 솥을 욕조에 쏟아 넣은 후에 기저귀를 빨고 헹구어 널었다. 하지만 마른 기저귀는 부드러운 아기 피부가 닿기에는 너무 거칠었다. 그래서 딸에게 기저귀를 다시 채우기 전에 다림질을 해야 했다.

나는 세탁기가 정말 좋다. 내 어린 시절에는 빨래하는 데만도 꼬박 하루가 걸렸다. 빨랫감이 너무 많아서 우리 집에는 일주일에 한 번씩 오는 도우미가 있었다. 우리 집 지하에는 커다란 빨래용 수전자가 설려 있었는데 도우미는 주진자를 걸어둔 화로에 불을 피웠다. 그런 다음 주전자에 세제와 빨래를 넣고는 커다란 나무 방망이로 휘저으며 빨래를 삶았다. 그리고 뜨거운 물에서 빨래를 꺼낸 다음 찬물로 비눗물을 헹구었다. 오늘날 나는 세탁기에 빨래를 넣고 물 온도를 30도로 할지 아니면 60도로 할지, 흰색 혹은 다양한 색의 모드로 빨래를 할지만 결정하면 된다. 그걸로 끝이다.

필요할 때면 언제나 누구에게나 연락할 수 있다는 것은 멋진 일이다. 어머니의 하루 일과를 보면 스마트폰이 없었을 때의 생활이 얼마나 복잡했는지를 알 수 있다. 어머니는 시골 의사로 일했다. 1930년대의 시골 의사란 매일 정해진 길을 따라 차를 몰았다는 것을 의미했다. 당시 대부분의 사람들에게 전화가 없었기 때문에 누군가 아프더라도 연락을 할 길이 없었다. 따라서 적어도 정해진 요일에 특정한 마을을 방문함으로써 환자들이 의사에게 진료를 받을 수 있게 했다. 만약 응급 상황이 발생하더라도 어머니가 우연히 거기에 있지 않는 한 그녀에게 연락하는 것은 거의 불가능했다. 응급 상황에는 환자의 가족 중 누군가가 전화기가 있는 지역 사업체나 교회로 달려가서 우리 집으로 전화했다. 우리 집 가정부는 환자의 주소를 적어놓고 저녁이 되어 어머니가 돌아오면 다시 어머니를 밖으로 내보냈다. 자, 이제 정리해보자. 그 시절에 와츠앱WhatsApp이 있었더라면 해결이 한결 쉬웠을 것이다.

나는 오늘날 과거를 지배하던 여러 규칙들이 없어진 것이 얼마나 기쁜지 모른다. 그때는 갑옷처럼 숨 막히는 크니게Adolf von Knigge(1751년~1796년. 예의범절에 관한 책을 저술한 계몽주의 시대의 작가)식 규범이 지배하던 시절이었다. 공공장소에서의 올바른 행동 양식이 무척 중요했다. 예를 들어 내가 10대일 때는 어떤 상황에서도 걷는 동안 음식을 먹어서는 안 된다는 예절을 배웠다. 치즈 롤을 입안에 넣고 씹으면서 도시를 활보한다? 있을 수 없는 일이었다.

어린 시절부터 나를 지배하던 그 모든 규칙들에도 나름 좋은 의미가 있었을 것이다. 가령 제대로 앉아서 천천히 음식을 먹어라 같은 규칙 말이다. 하지만 전반적으로 이런 규칙들은 우리의 일상을 답답하게 조이는 코르셋과도 같았다. 이제는 쇼핑하고 집으로 돌아오는 길에 배가 고플 때면 프레첼을 한 조각 베어 물어도 된다는 사실이 얼마나 고마운지 모른다!

더 중요한 것은 여성들은 이러저러하게 옷을 입어야 한다는 제약이 사라진 것이다. 여학교 시절 교장 선생님은 여학생들이 바지를 입고 학교를 돌아다니는 것을 엄격하게 금지했다. 우리는 멜빵 달린 가터벨트에 부착된 스타킹을 신고 치마를 입어야 했다. 그 결과 치마 아래의 허벅지 부분은 늘 맨살이 드러나 있었고 항상 너무나 추웠다! 그 당시 우리가 끊임없이 추위에 시달리지 않고 편한 바지를 입을 수 있었다면 학교 생활이 얼마나 더 즐거웠을까 싶다. 이제 누구도 여성들에게 무엇을 입으라고 명령할 수 없다는 것이 나는 너무도 기쁘다. 물론 다른 분야에서도 진정한 양성평등이 이루어져야 할 것이다. 그것은 편안한 바지를 입은 채로도 이루어질 수 있다.

오래된 주소록

친구들에게 작별 인사하기

나에겐 '요르그'라는 펜팔 친구가 있다. 그는 멋진 웃음소리를 가진 덴마크 친구이다. 고인이 된 나의 남편은 수십 년 전에 직장에서 그를 만났다. 요르그는 오래 사용하지 않아 녹이 슨 그의 독일어를 우리와 연습하는 걸 좋아했다. 덕분에 우리는 덴마크 해안에 목조로 지은 그의 별장을 여러 번 방문해서 고무장화를 신고 해변을 거닐거나 아콰비트Aquavit(스칸디나비아 반도 일대에서 생산되는 향이 나는 증류주)를 같이 마시고 밤늦게까지 이야기를 나누며 스뫼레브뢰드Smørrebrød(덴마크식 오픈 샌드위치. 호밀빵에 버터를 바르고 절인 청어나 훈제 연어, 작은 새우, 햄, 샐러드 등을 얹어 먹는 음식)를 먹었다. 사실 빵부스러기를 입에 넣고 말을 하는 건 그리 쉬운 일은 아니었지만…….

서로 만나지 못하는 시간 동안 우리는 편지를 통해 각자의 삶에 대해 이야기를 나누었다. 우리 아이들이 어떻게 학교생활을 하는지와 불행히도 독일에서는 덴마크에서만큼 질 좋은 절인 청어를 살 수 없다는 등의 얘기들을 나누었다. 요르그는 나중에 아픈 아내를 돌보는 일이 얼마나 자신을 극한으로 몰아붙이는가에 대해 이야기했다. 그리고 나는 남편을 돌보는 일에서 내가 느끼는 한계를 털어놓았다. 결국 우리 둘 다 배우자를 잃었고 우리는 한동안 언어로 마음을 표현할 수 없는 시기를 보내야 했다. 그럼에도 불구하고 우체통에는 늘 요르그의 구부러진 필체의 편지가 담겨 있었고 나는 편지를 쇼핑백에 담아 부엌에 놓아두었다. 그리고 팔걸이의자에 앉아 그가 쓴 편지들을 한 줄씩 읽곤 했다.

요르그는 지난 2년 동안 나의 편지에 답장을 하지 않았다. 그의 전화번호를 누르자, 녹음기에서 한 여성의 목소리가 덴마크어로 흘러나왔다. 그 목소리는 "이 번호로는 연결이 되지 않습니다"라고 말하는 것 같았다. 아마도 그것의 진정한 의미는 "네 친구 요르그는 죽었어"가 아니었을까.

나에게는 가죽 커버가 있는 아름다운 주소록이 있다. 하지만 주소록의 어떤 알파벳을 열더라도 나는 울고 싶어진다. 그 주소록은 내 친구들 중 얼마나 많은 이들이 이미 세상을 떠났는지를 알려주기 때문이다.

L 부분을 열면 동생 루트비히의 깊고 그윽한 목소리가 그리워진다.

H 부분를 열면 내 친구 하이디가 그립다. 전화를 주고받을 때마다 우리는 서로를 위로해주곤 했다.

"우리 괜찮은 거지? 우린 괜찮아!"

그리고 최근에 J 부분을 열었을 때 요르그와 스뫼레브뢰드 먹던 저녁이 그리워졌다.

그들은 이제 더 이상 거기에 없다. 단지 내 주소록의 일부로만 남아 있을 뿐이다.

처음으로 친구가 죽었을 때 나는 어찌해야 좋을지 몰랐다. 이는 내 주소록에도 선명하게 남아 있다. 나는 고인들의 이름을 펜으로 그어서 지웠는데 그 흔적이 너무 강해서 다음 페이지에도 보일 정도였다. 나중에 나는 이름 옆에 작은 십자가를 그렸다. 그리고 새 연락처를 받으면 연필로 입력했다. 나중에 쉽게 지울 수 있도록.

언젠가 나의 딸이 새 주소록을 갖는 것이 어떠냐고 물어본 적이 있다. 내가 주소록을 보며 얼마나 큰 슬픔에 잠기는지를 알아챘기 때문이다. 하지만 내겐 새 주소록이 필요없다. 같은 이유로 나는 주소록에 십자가를 표시하거나 사람들의 이름 위에 줄을 그은 것에 대해서도 후회를 한다. 주소록에서 누군가의 이름을 완전히 지울 용기가 결코 생기지 않는 것도 마찬가지 이유일 것이다.

나는 주소록을 펼쳐서 사랑했던 이들의 이름이 적혀 있는 것을 보고 싶다. 새 주소록을 사는 것은 그들이 담긴 공간을 밀폐하는 것과도 같다. 그러고 나면 내겐 눈물 흘릴 일만 남아 있을 것이다. 그러니 주소록이 나에게 얼마나 가치가 있는 것인가!

사실 새로운 주소록이라는 주제는 내가 하찮은 존재에 불과하다는 깊은 두려움과 연결되어 있다. 죽고 나서 사람들의 마음속에서 지워진다는 것. 즉시 지워지지 않더라도 얼마 후에 지워지는 것. 하지만 손글씨로 쓴 주소록을 생각하면 이 두려움이 어느 정도 극복되는 것을 느낀다.

누군가의 서랍장 속 주소록에도 M으로 시작되는 칸에 내 이름이 적혀 있기를 바란다. 언젠가 우연히 주소록 속에서 내 이름을 발견하고 나를 그리워할 사람들이 있기를 바란다. 그들이 내 이름을 보며 웃음 짓기 바란다. 좋은 친구이자 의미 있는 존재로 기억되기 바란다.

냄새나는 정장과 마블 케이크

장례식의 중요성

나이가 들수록 옷장에, 잘 어울리는 검은 옷을 챙겨두는 일이 점점 중요해진다. 나라면 합성섬유가 아닌 면이나 린넨으로 된 검은 정장을 추천하겠다. 나는 검은 합성섬유로 된 정장을 입고 쨍쨍 내리쬐는 햇살 아래서 이마에 구슬땀을 흘리는 사람들과 자주 무덤 옆에 서 있게 된다. 진하고 달콤한 향수를 뿌린 늙은 여자 조문객들도 장례식에 많이 오긴 하지만, 그조차도 합성섬유를 뚫고 나오는 진한 땀 냄새를 감추지는 못한다. 너무 강력하기 때문이다.

나는 그동안 많은 장례식에 참석했다. 때로 묘지의 주인은 나의 좋은 친구이기도 했다. 때로는 희미하게 알던 지인이기도 했다. 하지만 장례식이 끝난 후 나는 항상 그전보다는 기분이 나아지는 걸 느낀다. 모든 의식에는 깊은 의미가 있기 때문이다.

장례식에 방문하는 것은 두 가지 결과를 가져온다. 첫째로 당신이 알던 바로 그 사람이 더 이상 존재하지 않는다는, 믿을 수 없는 현실을 받아들이는 데 도움이 된다. 또한 당신이 곁에 있다는 것을 보여줌으로써 가까운 이들에게 도움이 된다. 그 사람의 죽음이 얼마나 큰 상실감을 남기는지를 절감한다. 그 사람이 얼마나 나에게 가치있고 소중한 사람이었는지를 깨닫고 그가 남긴 빈자리는 그 어떤 것도 대신할 수 없다는 것을 알게 된다.

장례식에서 가족들의 역할은 사실 너무 어렵다. 고인과 가까운 사이일수록 장례식은 거대한 소용돌이와도 같고 당신은 거의 아무것에도 관심을 기울일 수 없다. 장례식장에서 목사님들은 애도의 연설에 많은 노력을 기울인다. 하지만 그 애도의 말이 깊은 슬픔 속까지 전달되지 않을 때도 있다. 남편의 장례식에서 들었던 애도사는 한마디도 기억이 나지 않는다. 그건 우리 엄마의 무덤 앞에서 한 목사님의 애도사도 마찬가지이다. 나는 그날이 더운 여름날이었다는 것만 기억한다. 목사님이 애도 연설을 하는 동안 그의 사제복 아래서 반짝이던

샌들이 자꾸 눈에 띄었다는 사실만 기억이 난다. 나는 햇빛이 내리쬐는 동안 목사님의 발을 보며 멍하니 서 있었다.

내가 이 두 번의 장례식을 통해 분명히 각인하게 된 것은 사람들의 존재가 나에게 커다란 힘이 되었다는 것이다. 얼마나 많은 사람들이 나의 남편이나 어머니를 좋아했는지를 확인하게 된 것이다.

장례식이라는 단어 자체가 무뚝뚝하게 들릴 수 있지만 장례의 과정은 중요하다. 과거에는 현실적인 이유로 장례식장에서의 잔치가 필요하기도 했다. 식사를 대접하지 않고 손님들을 집으로 보낼 수 없었으므로 장례식에는 많은 시간이 필요하기도 했다. 나의 어린 시절, 농부들은 종종 이웃 마을의 장례식에 참석하기 위해 마차를 몰곤 했다. 아침 7시에 마차를 타고 출발해서 11시에 교회에서 장례 예배를 보고 1시쯤에 집으로 돌아가는데, 그 동안 점심을 대접하지 않을 수는 없었다. 그 모든 손님들에게 빈속으로 알아서 집으로 가라는 건 말이 안 되는 일이었다. 옛날에는 주변 몇 킬로 반경 내에 식당이나 패스트푸드점을 기대할 수 없었기 때문이다.

차로 10분밖에 떨어지지 않는 경우가 많다고 해도, 오늘날에도 장례식은 여전히 중요하다. 우리는 교회에서 묘지에서 모두가 한마음으로 애도한다. 죽은 사람을 잘 모르던 사이라

할지라도 그 순간만은 진심을 다하게 된다. 작별인사를 해야 하는 사람들에 대한 연민도 샘솟는다. 그 다음에는 장례식 후의 식사 자리가 있다. 장소도 바뀌고 상황도 달라진다. 사람들끼리 삼삼오오 모여서 고인에 대해 얘기를 나누며 서로 연결되는 것이다. 고인을 어디서 어떻게 알았는지 등등……. 고인에 대한 험담처럼 들리기도 하지만 사실 멋진 시간이다.

살면서 우리는 엄마나 아빠, 오빠, 언니, 친구, 지인, 전 동창 또는 동료로서 주위 사람들을 맞이한다. 그러다 장례식 잔치에서 우리는 자신이 알던 고인과 전혀 다른 상황에서 인연을 맺어온 사람들을 만난다. 그 작은 공간에서 당신은 그때까지 전혀 몰랐던 고인의 삶을 마치 단편소설을 읽듯이 경험한다. 고인에 대해 새롭게 알게 된 것들로 인해 기분이 좋아져서 장례식에서 소리내어 웃는 사람을 나는 깜짝 놀랄 정도로 많이 보았다.

나 또한 이 책을 통해 내 장례식에서 가족과 친구들이 웃으며 얘기할 수 있도록 여러 가지 일화를 소개하고 싶다. 나의 일화를 얘기하며 모두들 슬픔을 잠시 잊고 웃기를 바란다.

문 앞의 자유

지팡이와 보행 보조기

나에게는 몇 년 동안 자신의 아파트를 거의 떠나지 않는 친구가 있다. 그녀는 더 이상 잘 걷지 못한다. 그녀의 남편이 쇼핑을 비롯하여 다른 모든 일을 한다. 하지만 그들의 세계는 거실과 욕실, 침실로 줄어들었다. 슬픈 일이다. 내 친구는 예전에 산책과 전시회 관람을 즐겼기 때문이다. 남편이 밀어주는 휠체어를 타고 다닐 준비가 되어 있다면 사실 친구는 아직도 취미를 즐길 수 있다. 하지만 그 친구는 자신의 그런 모습을 누구에게도 보여주고 싶지 않은 것이다.

나에게는 이것이 나이로부터 오는 진정한 시험의 순간이다. 나이는 언제나 내가 스스로 생각했던 것만큼 더 이상 젊지 않다는 것을 끊임없이 인정하도록 만든다. 게다가 이러한 깨달음을 혼자 마음속에 간직할 수도 없다. 만약 당신이 보행 보조기를 사용하거나 휠체어를 탄다면 지나가는 모든 사람이 당신을 볼 수밖에 없다. 다른 길은 없다. 그리고 이 느낌에는 다른 두려움이 더해진다. 휠체어가 지나다닐 수 있는 낮은 도로 턱이 어디에나 있을까? 신호등의 녹색등이 너무 짧은 시간 동안 켜지면 어떻게 하나? 아무리 조심하더라도 넘어지면 어쩌지?

그래도 나는 아직 걷는 데 지장이 없는 만큼 운이 좋은 편이다. 하지만 내 남편은 말년에 걸음을 걷지 못하게 되었고 나는 그 과정이 얼마나 느리고 꾸준하게 진행되는지를 가까이에서 보았다. 집안에만 머물러 있다면 자신조차도 오랫동안 속일 수 있다. 가구에서 가구로 손을 짚어서 걸음을 옮기면서 다리가 풀린 것도 모른 척하고 어지럼증이 심해진 것도 무시할 수 있다. 하지만 집밖으로 나가게 되면 한 발짝마다 현실을 마주치게 된다. 공원 벤치를 순례하는 가장 쉬운 계획조차도 제대로 실행하기 쉽지 않다. 그러다 보니 내 지인과 같은 갈등 상황에 빠지게 되는 것이다. 즉 집에 머무르면서 지팡이나 보행 보조기, 휠체어 등과 같은 여러 가지 수단으로 문제를 해결하려 한다.

하지만 이 문제를 극복해야 한다고 나는 생각한다. 노년의 허약함으로 인해 모든 게 순조롭지 않다는 걸 인정하기란 쉽지 않다. 그렇지만 그걸 분명히 인정하는 것이 중요하다. 스스로를 극복함으로써 자신의 자유를 포기하지 않을 수 있기 때문이다. 자신을 극복한 사람들은 초봄의 따스한 햇살이 내리쬐는 공원으로 갈 수 있다. 산책 보조기를 공원의 양지 바른 곳에 놓아두고, 부드럽고 따스한 공기를 즐길 수가 있다. 여름에는 태양이 피부를 덥히고 코를 간지럽히는 것을 느껴보라. 가을에는 나뭇잎 냄새를 맡아보라. 겨울에는 눈 위를 걸으면서 눈이 사각거리는 소리를 들어보라.

산책을 하고 싶을 때 가장 유용한 보조 기구는 보행 보조기라는 것을 나는 알게 되었다. 거기에 구매한 물건들을 넣을 수도 있고 어떤 모델에는 우산이 부착되어 있으며 공원 벤치가 따로 필요 없이 언제나 걸터앉을 수 있다. 또한 양손으로 붙잡고 걸을 수 있기 때문에 매우 안정된 자세를 보장해준다. 보행 보조기야말로 노인들에게는 정말 획기적인 도구이다. 젊은 시절에 길에서 보았던 노인들의 모습이 아직도 내 기억 속에 생생하다. 할머니들이 양손에 지팡이를 짚고 걷던 모습 말이다. 보행 보조기나 휠체어가 있었다면 얼마나 편했을까?

내 자신의 미래를 생각해보자면 걷는 것이 힘들어질 때가 곧 올 것이다. 따라서 그런 상황에 어떻게 내처할 것인지를 생각해보았다. 그리고 내가 어떻게 대처하느냐에 따라서 그 세계가 커질 수도, 아주 작아질 수도 있다는 것을 깨달았다. 나 또한 집이 곧 삶의 한계선이 되는 그 세상이 어떠할지 궁금하기는 하다.

아무튼 겉모습이 늙어 보이므로 대부분의 사람들은 내가 허약하다고 생각한다. 그러니 지팡이를 짚건 보행 보조기를 사용하건 차이가 없다. 게다가 지팡이나 보행 보조기를 사용한다고 해서 꼴이 우스워 보인다고 누가 말하는가? 보행 보조기는 다양한 색상이 출시되어 있다. 지팡이도 마찬가지다. 과거에는 우아한 신사라면 반드시 지팡이와 모자를 썼다. 정장을 차려 입고 중절모를 쓴 채 보행 보조기에 의지해서 도시를 산책하는 신사의 모습도 완벽하지 않은가?

나도 그와 같이 빈티지 스타일의 멋진 모자를 쓰고 길을 나서보리라. 걸음이 비틀거리기 시작하면 내 스스로 지팡이를 구할 것이다. 보행 보조기도 좋다. 복도를 걸어나가 현관문을 열고 기분 좋게 숨을 들이쉴 것이다. 집안에 나를 가둬놓기엔 나는 신선한 공기가 너무나 그립다.

2

늙은 남자, 젊은 여자

나이 차이가 큰 커플

최근에 나는 다시 오페라를 보러 갔다. 공연도 좋았지만 관객들을 보는 것은 더욱 흥미진진했다. 사람들이 말하는 시크한 옷차림이 어떤 것인지, 무대 위의 움직임에 대해 관객들이 어떻게 반응하는지, 그리고 누가 누구와 함께 있는지 그런 것들 말이다. 공연이 끝나고 관객석의 문이 열렸을 때 나는 내 주위에서 흔하게 볼 수 있는 관계의 패턴을 다시 한번 확인할 수 있었다. 자신보다 훨씬 나이 많은 남자에게 매달려 있는 젊은 여성으로 이루어진 커플들 말이다.

직설적으로 말해서 나는 그것이 비난받을 일이라고는 전혀 생각하지 않는다. 사랑은 어디에나 있다. 나이 든 남자들이 풍기는 성숙한 매력이라는 것도 이해할 만하다. 물론 자신이 가진 지위를 뽐내느라 정신없는, 젊었을 때와 마찬가지로 형편없이 나이 든 남자도 있다. 하지만 멋지게 나이 든 사람은 멋진 배우자가 될 수도 있다. 사소한 일에 휘둘리지 않을 수 있을 만큼 풍부한 경험을 지닌 사람, 최근에 읽은 철학 책의 구절을 인용함으로써 자신을 증명하려 안달복달하지 않아도 되는 사람, 그 모든 성급함과 초조함이여, 안녕.

그렇지만 나를 화나게 하는 것은 사회적 불평등이다. 젊은 남자가 늙은 여자의 팔짱을 끼고 오페라 하우스를 지나가는 광경을 얼마나 자주 볼 수 있는가? 바로 그것이다! 나는 모든 이들이 동등한 권리를 갖기를 원한다.

나이 든 남자를 그토록 호감 가는 존재로 만드는 지혜와 성숙함, 내면의 평화는 나이 든 여자에게도 있다. 나이 차이가 많이 나는 커플을 일방적인 방향으로만 보는 것은 아마도 우리 사회의 역할 모델과 아름다움에 대한 통념 때문일 것이다. 같은 백발을 하고 있어도 남자는 매력적으로 비춰지지만 여자에게는 미장원에 갈 때가 되지 않았느냐고 묻는다. 이것은 불공평하다. 이 사회는 여자들을 마치 이마에 유통기한이라도 적혀 있는 것처럼 대한다. 게다가 그 유통기한은 너무나 빨리 지나버린다. 끔찍한 일이 아닌가.

사회의 통념에 어긋나는 예외가 발생할 때 사람들의 반응을 보면 매력이라는 개념이 얼마나 선입관에 사로잡혀 있는지를 잘 알 수 있다. 프랑스의 대통령 에마뉘엘 마크롱과 그의 아내 브리지트에 대한 언론 보도는 나를 너무 짜증나게 했다. 브리의 손가락만 보더라도 대부분의 여자들이 평생 노력해도 얻지 못할 스타일과 우아함이 철철 넘친다. 그러나 이 멋지고 카리스마 가득하며 지성이 넘치는 여성도 마치 소시장에 나온 소처럼 샅샅이 사람들의 검증을 거쳐야 했다. 마크롱 같이 젊은 사람이 왜 나이 든 그녀를 선택했는지에 대한 이해 따위는 없이 말이다. 하지만 무슨 상관인가, 그녀는 이미 멋지게 나이를 먹었지 않은가!

나는 내 친구들도 젊은 남자와 함께 다정하게 손을 잡고 보행자 거리를 거닐기를 바란다. 사랑이 얼마나 무한하고 자유롭고 다채로운지를 보여줄 수 있다면 정말로 멋지지 않은가. 게다가 성에 대한 고정관념은 앞으로 우리 미래에는 별다른 역할을 하지도 못할 것이다.

하지만 나이 차가 많이 나는 커플을 지켜보는 일이 제 아무리 흐뭇하다 한들, 나는 내 또래 나이의 남자를 찾고 싶다. 나에게 이상적인 사랑이란 서로 가식을 벗어던진 관계이다. 그리스 신화에는 필레몬Philemon과 바우키스Baucis라는 부부가 등장하는데 이들은 내 이상형과 일치한다. 이들은 서로 사랑하면서 함께 늙어가기를 바란다. 맞다. 그쪽이 훨씬 더 편안해 보인다.

나는 피부도 축 처졌으며 아침이면 무릎이 시큰거리고 돋보기가 없으면 신문도 읽을 수 없는 그런 남자를 원한다. 이런 일을 겪으면서도 함께 웃을 수 있다는 것은 멋진 일이기 때문이다. 게다가 현실적으로 생각해볼 필요가 있다. 돋보기와 약상자, 밝은 독서등이 필요한 두 사람이 같이 산다면 살림살이를 합치거나 장만하기도 훨씬 편할 것이다.

추리닝 바지를 입은 오후

노후의 자유로움

좋은 아침이란 약속이 없는 아침이다. 나 자신과의 약속만이 존재하는 시간. 나는 침대 머리맡 탁자 위에 커피잔을 놓고 신문을 들고 침대 위 이불 속으로 미끄러져 들어간 다음, 리모컨을 이용하여 여왕처럼 앉을 수 있도록 침대 상단 높이를 조절한다. 그리고 신문을 앞면부터 시작하여 뒷면까지 읽어 내려간다. 침대에 누워 지내는 아침이라니, 멋지지 않은가! 마음껏 흐트러진 생활이다.

오랫동안 나는 아침 시간을 자유롭게 보낸다는 건 상상조차 할 수 없는 생활을 해왔다. 남편이 저세상으로 갈 때까지 나는 다른 사람에게만 집중하는 삶을 살았다. 어린 학생일 때는 수녀원의 수녀들에게 맞추어야 했다. 커서는 주인집의 엄격한 규칙에 맞추어 살아야 했으며 결혼해서는 아이들에 맞추어 살았다. 그 후에는 노후에 내가 모시기 시작한 엄마에게 내 생활을 맞추어야 했으며 마지막으로는 보살핌이 필요한 남편에게 나를 맞출 수밖에 없었다.

그 모든 것들이 나의 하루를 결정했다. 내가 언제 일어나야 하는지, 침대에 누울 때면 얼마나 피곤한지를 이 모든 것들이 좌우했다.

어떤 이들은 노후를 어떻게 채워야 할지 몰라 은퇴를 두려워한다. 나도 시간 보내는 법을 배워야 했다. 처음에는 하루하루가 끝이 없는 듯 여겨졌다. 혼자 사는 연습이 부족한 사람일수록 혼자 지내는 시간을 피하도록 계획을 세워야 한다. 나라면 치과 치료를 권유하겠다. 대개의 노인들은 치과에서 할 일이 아주 많기 때문이다.

나는 더 이상 그런 계획들이 필요 없다. 그동안 아무것도 하지 않기의 전문가가 된 데다가 텅 빈 날들을 하품하면서 지내는 것이 너무 멋지다는 것을 알게 되었기 때문이다. 규칙도 없고 의무도 없다. 마치 처음으로 독립해서 아파트를 얻은 대학생 같은 느낌이다. 하지만 이 날을 위해 나는 70년 이상을 기다려야 했다.

매일 아침 커피를 마시면서 나는 그날 무엇을 하고 싶은지 결정한다. 내 삶에 아직까지도 제약이 있다면 그것은 내 스스로 창조하는 것이다. 오전에 수영하러 가는 걸 좋아하므로 나는 아침 햇살을 받으며 수영 가방을 챙긴다. (그럴 때는 침대에서의 시간을 이후로 미룬다.) 산책을 좋아하므로 일주일에 한 번씩 열리는 장을 보러 시내로 걸어 가기도 한다. 요가를 좋아해서 요가 수업을 들으러 가기도 한다. 하지만 그 모든 일정이 너무 과하다 싶으면 나는 다 취소한 다음 발코니에 앉아 추리 소설을 읽기도 한다. 노인이 약속을 취소하면 아무도 화를 내지 않는다. 예전 같으면 몸이 피곤해서 커피 약속을 지킬 수 없다고 말하면 모욕감을 느낄 사람들이 많았다. 요즘은 대부분 그저 고개를 끄덕인다.

혼자 사는 것 역시 나름 장점이 있다. 같이 사는 사람 때문에 조심스럽게 행동할 필요가 없다. 귀가 어둡기 때문에 아들이 나에게 무선 헤드폰을 주었다. 따라서 이웃 걱정 없이 볼륨을 높이고 밤에 TV를 시청할 수 있다. 아니면 내가 좋아하는 〈장미의 기사Der Rosenkavalier〉(리하르트 슈트라우스Richard Strauss가 작곡한 오페라)에 나오는 아리아를 큰 소리로 따라 부르며 집안을 휘젓고 다녀도 된다. 남편 앞에서는 절대 입지 않았을 추리닝 바지 차림으로 말이다.

배가 고프면 나는 정확하게 내가 원하는 방식으로 음식을 만든다. 소시지와 달걀 프라이, 신선한 페스토. 혼자 산다면 마늘 냄새도 걱정할 필요가 없다. 요리한 음식을 먹으면서 크로스워드 퍼즐을 푼다. 또 저녁에는 간식을 만들어 먹기도 한다. 어린 시절 빵 위에 뭔가를 바르려면 버터와 잼 둘 중에서 하나를 결정해야 했다. 슈바빙 출신의 할머니의 눈에는 그 이상은 탐욕으로 보였다. 하지만 오늘날 나는 빵 위에 버터와 잼 둘 다 바른다. 그것도 두껍게 말이다.

구원은 마지막에 온다

죽음에 대한 두려움에 대해

최근에 손녀 하나가 자기 친구의 돌아가신 할머니에 대해 이야기해주었다. 한때 아름답기로 유명했던 그녀는 매주 금요일 머리를 하러 미용실에 가곤 했다. 어느 날 그 여자는 미용사에게 자신이 죽은 후에도 평소 스타일로 머리를 매만져달라고 부탁했다. 관에 들어간 후 모든 친척들이 자신을 내려다볼 때도 멋진 헤어스타일을 하고 있기를 바랬던 것이다.

미용사가 고인과의 약속을 지켰는지는 모르겠다. 하지만 난 그 얘기를 듣고 멋지다고 생각했다. 허영심은 인간과는 달리 영원하다. 그 외에도 또 한 가지가 나를 놀라게 했다. 고인이 관에 들어가는 방식을 선호했다는 사실이다. 관을 열어두는 추모 방식은 유행이 지난 지 오래다.

과거에는 죽음이 더 보편적이었다. 적어도 내 삶에는 그러했다. 마을 의사의 딸이었던 나는 종종 엄마를 따라 영안실을 찾곤 했는데, 그곳에서 엄마는 공식적으로 사망 여부를 선언했다. 오늘날과 달리 당시 영안실에는 냉장시설이 없었다. 공기 중에는 달콤한 향이 떠돌았다. 영안실에는 화환들도 있어서 짙은 향을 더해주었다. 당시에는 고인의 모습을 추모객들에게 보여주고, 가족들이 작별인사를 하는 것은 당연한 일이었다.

우리 집에도 이모의 관이 놓인 적이 있었다. 당시 나는 어린아이였지만, 그녀의 열린 관이 하룻밤 동안 우리 거실에 놓여 있었던 것을 지금까지도 기억한다. 그 광경은 나를 두려움에 빠지게 하지 않았다. 그날 밤도 나는 무서워하지 않고 침대 속으로 기어 들어갔다. 내 주위의 모든 사람들도 마치 코를 풀거나 모닝빵 위에 잼을 바르는 것처럼 죽음을 평범한 일상의 한 부분으로 대했다.

요즘은 노인들도 오래 살기 때문에 젊은이들이 죽음을 접하게 되는 경우는 매우 드물다. 물론 때로 비극적인 최악의 죽음을 접하기도 한다. 그것은 사랑하는 사람을 너무나 일찍 잃는 것이다. 그럴 경우 죽음은 잔인하고 끔찍한 사건에 지나지 않는다.

이상하게 들릴 수도 있겠지만 나는 사람들이 죽음을 무해한 하나의 현상으로 대하는 연습을 했으면 좋겠다. 멋진 삶을 누리다가 90이 넘어서 죽은 먼 친척 이모. 이처럼 행복한 죽음 앞에서 나이 든 사람들도 공포를 잊을 수 있다. 죽음이 얼마나 자연스러운 현상인지를 보여주기 때문이다.

죽음에 대한 생각을 어떻게든 피하려고 하면 죽음에 대한 두려움은 점점 더 커질 뿐이다. 곧 일어날 일이라는 것을 알면서도 한마디도 하고 싶지 않다면 그것은 공포가 된다. 하지만 말을 통해서 우리는 죽음의 두려움을 거둘 수 있다. 죽음에 대해 이야기하거나 곁에서 노인의 죽음을 겪어보는 것도 그에 대한 공포를 줄여줄 수 있다.

더 이상 죽음에 대해 말하기를 두려워하지 않는 사람은 그 사실에 안도감을 느낄 것이다. 대부분의 노인들은 죽음을 두려워하지 않는다. 그들이 두려워하는 것은 죽음으로 가는 과정, 즉 타인의 보살핌을 받고 고통을 견뎌야 하는 일들이지 종말 자체는 아닌 것이다.

나이 든 친척들이 죽기 전 괴로워하거나 기침 혹은 통증에 시달리는 모습을 나는 보았다. 하지만 관 속에 누운 그들의 모습은 마치 긴 하루가 끝나고 잠에 든 것처럼 평화로워 보였다. 괜찮은 모습이 아닌가.

내 장례식에 대한 다섯 가지 소원

이별을 어떻게 할 것인가

나는 죽음과 좋은 관계를 맺고 있다. 내가 걱정하는 것은 오로지 나의 장례식뿐이다. 사실 이건 터무니없는 생각이다. 어차피 내가 나의 장례식을 볼 일은 없으므로 장례식에 대해 염려할 필요도 전혀 없는 것이다. 하지만 남편의 장례식을 치러본 경험이 있기에 내 장례식을 위해서도 가족들이 얼마나 많은 결정을 해야 할지를 염두에 두는 것이다.

이 글은 일종의 안내서이다. 따라서 내가 죽고 난 후에 가족이나 친척들이 이 글을 읽어보길 바란다. 또한 내 친척의 숫자를 훌쩍 넘어서는 나의 독자들이 이 글을 읽고 부모님이나 조부모님이 그들의 장례식에 무엇을 원하는지에 대해 서로

의논하는 계기가 되기를 바란다.

나는 장례식을 너무나 많이 보았고 내가 원하는 것이 무엇인지 정확히 알고 있다. 마찬가지로 나는 많은 이들이 같은 생각을 하고 있다고 확신하고 있다. 물론 누구도 결혼식을 꿈꾸듯이 장례식을 기대하지는 않는다. 하지만 모든 것이 내가 상상하는 대로 진행될 것이라는 걸 안다는 건 위안이 된다.

다음은 장례식에 대한 나의 작은 바람이다.

일단 나는 확실하게 화장을 선호한다. 어릴 때부터 나는 한 가지 생각에 사로잡혀왔다. 깊고 검은 흙으로 둘러싸인 채관 속에 얇은 양복이나 옷을 입고 누워 있으면 얼마나 추울까. 물론 죽은 사람은 아무것도 느끼지 못하므로 내 생각이 터무니없다는 것도 잘 안다. 하지만 나로선 그 생각을 떨쳐버릴 수가 없다. 나는 평생 더위를 마다하지 않았다. 이탈리아에서 휴가를 보낼 때는 뜨거운 태양 아래에서도 느긋하게 책을 읽곤 했다. 그러니 영원한 추위보다는 화장장의 뜨거움이 나을 것이다. 화장 후에 내 재를 차가운 땅에 묻는 것은 괜찮지만 죽은 내 몸을 잠자는 것처럼 땅에 눕히는 것은 싫은 것이다.

나에게 어떤 옷을 입혀서 관에 넣어야 할지 그리 걱정할 필요도 없다. 옷이야 어차피 다 타버릴 것이니 아이들이 물려

받기 싫어할 편한 옷을 입히면 된다. 사실 운동복 바지를 입고 싶은 마음도 있지만 그걸 보고 불편할 이들도 있을 것이니 나에게 꼭 맞는 검정 바지를 입혀 주기 바란다. 내 바지는 너무 작아서 어차피 우리 가족 중 누구도 입을 수 없을 것이다. 그러니 연기와 함께 사라져도 문제가 없다. 장례식에서 목사님이 나에 대해 하는 말은 내겐 그리 중요하지 않다. 음악은 더욱 그러하다. 나는 내 장례식에서 노래를 부르지 않았으면 좋겠다. 그 이유를 들자면 나에겐 노래 가사가 감정적인 협박처럼 들리기 때문이다. 가령 장례식에서 자주 듣게 되는 노래의 가사는 다음과 같다.

"하나님이 반석 위에 앉으셔서 모든 것을 관장하신다네."

얼마나 희한한 그림인가? 이 노래를 들으면 한 늙은 남자가 한 무리의 사람들 앞을 마치 경찰관처럼 왔다갔다 하는 그림이 떠오른다. 나는 사람들이 자신만의 방식으로 나를 애도하길 바라며 각자의 생각 속에 잠기길 바란다. 리하르트 바그너의 〈로엔그린Lohengrin〉이 울려 퍼지는 가운데 말이다.

화장이 끝난 유골 항아리는 남편의 유골 항아리가 묻혀 있는 곳에 같이 묻으면 좋겠다. 나는 사후 세계를 믿지 않는다. 그럼에도 불구하고 나는, 어차피 우리가 양털 구름 위에 앉아 스파게티를 같이 먹을 수는 없을 테니 불에 탄 생체 세포라도 땅속에 같이 묻히면 좋겠다는 생각이 든다. 어쩌면 같이 묻혀 있으면 약간의 온기가 더해지지 않을까?

장례식 잔치에서는 나에 대한 웃기는 얘기를 실컷 나누고 마음껏 웃기를 바란다. 장례식 날에는 슬퍼야 한다는 생각 때문에 슬픔에 빠질 필요는 전혀 없단다. 나중에 집안을 청소할 때나 이메일을 쓸 때와 같이 전혀 예기치 않은 순간에 내가 더 이상 없다는 슬픔이 불쑥 너희들을 찾아올 테니. 그것만으로도 충분히 힘들 것이다. 너희들에게서 고통을 앗아가고 싶지만 그럴 수 없다는 걸 잘 안다. 그런 순간이 온다면 꼭 기억하렴. 내가 너희들을, 너희가 나를 사랑하는 것처럼 마음을 다해 사랑했다는 것을. 우리가 함께한 시간은 커다란 선물이었어. 그리고 죽음은 우리로부터 그 선물을 앗아갈 수 없단다.

한창때의 나

노인도 한때는 젊었다

젊은 시절 나는 뮌헨에서 몇 년을 살았다. 나는 1950년대 후반에 그곳으로 이사했다. 연극학교에 다니고 있었고 돈도 별로 없어서 친구와 방을 같이 썼다. 너무나 좁아터진 방이라 침대 두 개와 작은 옷장이 들어가고 나면 남는 공간도 없었다. 우리는 그 아파트의 나머지 공간을 쓰는 두 자매와 함께 그 집에서 살았다. 부엌을 사용할 수 없었으므로 우리는 대부분 침대에서 점심을 먹었다. 아니면 밖으로 나가 전에도 언급했던 맛있는 굴라시 수프를 먹었다. 방이 아무리 작았어도 나의 삶은 비좁게 느껴지지 않았고 커다란 자유로움을 느꼈다.

나의 손녀가 그곳에 살고 있기 때문에 나는 지난 몇 년간 뮌헨에 더 자주 갔다. 최근에 막스보르스타트Maxvorstadt(뮌헨의 중심부에 있으며 시의 제3지구를 형성하고 있는 곳)를 걷는데, 갑자기 옛날에 살던 집이 눈에 들어왔다. 주변은 그때와 아주 다르게 보였지만 나는 그 집이 맞다고 확신했다. 그때도 꽃무늬가 달린 아름다운 타일이 집 밖에 장식되어 있었다. 그 타일은 지금까지도 남아 있었다.

손녀와 나는 집 안마당으로 들어가 내가 살던 방의 창문을 바라보며 나의 학생 시절 이야기를 했다. 침대 위에서 치즈 샌드위치를 먹던 이야기, 외출해서 밤마다 내가 제일 좋아하던 굴라시 수프를 먹던 이야기…….

그러면서 나는 생각했다. 이 이야기를 이제야 하다니 정말 웃기는구나.

나는 손주들이 나의 과거에 대해 아는 것이 별로 없다는 사실을 자주 느낀다. 연극을 할 때 익숙하게 접하곤 했던 현상을 할머니가 되면서 나는 다시금 경험하게 되었다. 바로 나의 존재가 역할 뒤로 숨어버리는 현상이다. 한 사람의 기능이 그 인간 자체보다 더 중요해진다. 다시 말해서 나는 손주들의 할머니인 것이다. 과거를 가진 여성이 아니라 항상 손주들의 삶에 할머니의 모습으로만 존재해온 사람. 일종의 여분의 엄마로서 항상 자신들의 삶에 관심을 기울이고, 불안할 때는 격려

해주며 축하할 일이 있을 때면 늘 같이 기뻐해주는 존재. 그들의 세계를 떠받치는 기둥과 같은 존재.

물론 내 손주들은 나에게 관심이 많다. 하지만 그들은 나의 현재에 대해 질문을 한다. 엉덩이의 상태는 어떤지, 아침에 수영을 하고 있는지, 차가운 물의 온도가 수영하기에 괜찮은지, 나의 자원 봉사일은 어떻게 되고 있는지, 범죄 현장을 보았는지, 내가 쓰는 칼럼의 반응은 어떤지, 지금 읽고 있는 책은 무엇인지 등등…….

손주들이 내 삶에 대해 전혀 알고 싶어하지 않는 건 아니다. 다만 늙은 사람도 젊을 때는 자신들과 비슷한 삶을 살았다는 것을 상상하기 어려울 것이다. 아이들이 어릴 적부터 나는 항상 할머니였기 때문이다.

요약하자면 좀 씁쓸하게 들린다. 나의 후손들에게 나의 과거는 존재하지 않는 것이나 다를 바 없으며 오직 현재만이 존재한다. 하지만 그건 문제가 되지 않는다. 아이를 갖게 되면 그 사실에 곧 익숙해진다. 부모가 되면 당신의 존재는 아이들에게 부모라는 기능으로 더 큰 중요성을 가지기 때문이다.

아이들에게는 당신이 현재 그 자리에서, 살아가면서 중요한 것들을 얘기해주는 게 무엇보다 중요하다. 당신의 과거 이야기가 아니라. 하지만 점차적으로 당신의 과거 이야기를 할 수 있는 상황이 온다. 물론 그렇게 많이 할 수 있는 상황은 아니겠지만 그 또한 정상적이다. 당신의 후손들에게 지나온 삶을 얘기하는 것은 파티에서 만난 사람과의 재미난 잡담 속에서 당신의 어린 시절을 간략하게 얘기하는 것과는 다르기 때문이다.

나 또한 우리 엄마와 할머니를 하나의 역할로서만 보았었다. 내가 그 사실을 깨닫게 된 것은 내가 엄마가 되고 나서였다. 그들의 삶을 내가 잘 몰랐고 이제 더 이상 알아볼 수 있는 기회도 없다는 사실이 너무나 부끄럽다. 엄마는 방과 후에 연애편지를 받아봤어요? 춤출 때 즐겨 듣던 노래는 뭐예요? 몇 번이고 줄을 그으며 읽던 책의 제목은 무엇인가요? 그 모든 것을 더 이상 나는 물어볼 수 없다.

짧았지만 자유로웠던 뮌헨에서의 대학 시절에 대한 이야기를 들려주자 나의 손녀는 몹시 흥미로워했다. 그때 나의 엄마와 할머니를 떠올렸다. 이들의 인생 이야기를 들을 기회가 있었다면 얼마나 좋았을까. 다음에 손주들이 우리 집에 올 때는 앨범을 꺼내어 졸업식장에서 춤추는 내 사진들을 보여주어야겠다. 지루하게 흘러가던 저녁 시간이 기막히게 활기찼던 나의 젊음을 증명하는 시간으로 바뀔 것이다. 얘들아, 내가 약속하마, 재미있을 거야!

요거트 사기

노인 대상의 범죄

나는 사고 싶은 물건이 있으면 메모지에 적지 않으면 안 될 나이가 되었다. 쇼핑 목록 없이는 아무것도 할 수가 없다. 몇 년 전 어느 날 나는 몇 가지의 쇼핑 목록을 적었다. 토마토와 요거트, 산양 치즈……. 목록을 적은 종이와 지갑을 장바구니에 달린 주머니에 넣고 지퍼를 닫은 다음 슈퍼에 갔다.

슈퍼에서 쇼핑 목록을 꺼내려고 장바구니 주머니의 지퍼를 열고는 닫지 않은 채 장바구니를 잠시 바닥에 놓아두었다. 요거트가 슈퍼의 선반 꼭대기에 진열되어 있어서 꺼내려면 발꿈치를 든 채 팔을 뻗어야 했다. 요거트를 향해 팔을 뻗은 것은 아주 잠깐이었지만 도둑에게는 작업을 하기에 충분한 시간이었나 보다. 계산대에서 지갑을 꺼내려고 장바구니 주머니에 손을 넣는 순간 주머니가 비어 있다는 사실을 알아차렸다.

머릿속에서 온갖 생각들이 소용돌이를 쳤다. 세상에, 이럴 수가……. 우리 동네 슈퍼마켓에서 이런 일이 일어나다니. 설마 지갑을 잃어버린 거겠지. 하지만 지갑은 분명 주머니 안에 있었다. 누군가가 요거트를 집으려고 내가 손을 뻗는 순간 지갑을 가져간 것이 틀림없다. 주머니가 깊었기 때문에 지갑이 절로 빠져나갈 리는 없었다. 복도도 다 찾아보았으나 없었다. 분명히 누군가가 가져간 것이다.

그것을 깨달았을 때 머릿속에서 분노와 수치라는 두 가지 감정이 요동쳤다. 내가 요거트를 잡으려고 손을 뻗었을 때 도둑이 본 내 모습이 어땠을지 궁금했다. 잽싸게 허리를 굽혀 지갑을 빼내가도 눈치도 못 챌 늙은 할머니로 보였겠지. 반응이 워낙 느리니 꼼짝없이 당할 수밖에 없었을 것이다. 완벽한 희생양이 아닌가. 그 생각이 나를 너무나 화나게 했다. 누군가 의도적으로 나의 무력함을 이용했다는 사실이 말이다.

동시에 나는 너무 순진하게도 의심 없이 장바구니의 주머니 지퍼를 열어두었던 사실이 부끄러웠다. 아무 생각 없는 할머니 같은 행동 아닌가. 지퍼를 닫았더라면 훔치는 데 시간이 더 걸릴 데니 감히 도둑이 덤벼들지 못했을 것이다. 아니면 지퍼 여는 소리라도 들었겠지.

하지만 조금 물러서서 생각하니 사실 그 어디에도 나의 잘못은 없었다. 단지 내가 느낀 부끄러움에 대해 얘기하는 것은 수많은 범죄 피해자들이 비슷한 감정을 느끼기 때문이다. 나는 소위 '손자들의 사기'라고 부르는, 노인들을 대상으로 한 사기 사건을 언론을 통해 자주 접했다. 사기꾼들은 가족 중의 누군가가 급전이 필요하다고 믿게끔 노인들을 속였다. 이들에게 속은 노인들은 가족인 줄 알고 돈을 건네는 것이다. 심지어는 손자 손녀를 더 이상 알아보지 못하는 치매 노인을 이용하여 이들의 돈을 가로챈 사기꾼들도 있었다.

이런 뉴스들은 나를 매우 화나게 한다. 단순히 지갑을 훔치는 것보다 훨씬 더 나쁘기 때문이다. 노인을 속여서 엄청난 충격에 빠뜨린 다음, 이들의 무력감을 이용해 자신의 이익을 취하다니……. 이런 일을 생각할 때마다 나는 한동안 인간이라는 존재가 더 이상 사랑스럽게 느껴지지 않는다. 다른 사람이 자신에게 보여주는 기본적인 신뢰를 이용해 속이는 사기꾼들은 어떻게 거울 속의 자신을 들여다볼 수 있을까? 진부한 문구이지만 이 말처럼 잘 어울리는 것도 없다. 어떻게 스스로를 정당화시키며 살아갈 수가 있냐는 말이다.

나는 어째서 사기범들에게 속았다는 사실을 발설하기를 원하지 않는 노인들이 더러 있는지 절대적으로 이해한다. 자신들이 너무 순진하고 어리석고 속이기에 쉬운 사람이라는 사실을 부끄러워하기 때문이다. 마치 요거트를 꺼내는 동안 도둑을 맞은 나처럼. 노인이 되면 자신이 항상 빠르게 변화하는 세상에 적응하기엔 너무 느린 존재라는 느낌이 든다. 수년 전부터 익히 알려진 사기나 절도에 당한 사람은 피해자임에도 당혹감을 느끼게 된다.

하지만 시간이 지날수록 수치심은 사라지고, 나는 분명하고 정확하게 상황을 바라볼 수 있게 되었다. 그러면서 모든 범죄의 피해자들이 다시 한번 자신이 잘못한 것이 아니라는 것을 인식해야 한다고 생각한다. 비난을 받아야 할 사람은 범죄자이다. 범죄자는 공존의 기본 가치를 무시하고 적극적으로 범죄 행위에 가담했다. 아무리 피해자가 순진하게 속았다 할지라도 사람의 선의를 믿는 것은 잘못이 아니다. 그리고 내 경우에는 절도 사건 때문에 두려움과 원한에 가득 찬 일상생활을 보내는 것보다는, 세상 사람들이 나를 해치지 않으리라는 믿음을 유지하는 쪽이 더 마음이 간다.

조심해서 운전하렴

나이 들면 모성이 사라질까?

내 딸 중 한 명은 나와 몇 백 킬로미터 떨어진 곳에 산다. 우리는 만날 때면 늘 며칠 동안은 같이 시간을 보낸다. 딸과 작별인사를 할 때마다 나는 마음을 가다듬어야 한다. 딸의 차를 향해 걸어가는 동안 내 머릿속에는 한 가지 생각밖에 없기 때문이다.

'그 애에게 조심해서 운전하라고 말해야겠어. 정말 조심해야 한다니까. 혹시라도 그 애에게 무슨 일이 일어날지도 모르잖아. 미리 말해두는 게 좋겠어.'

하지만 나는 입술을 깨물고 느긋하게 미소 지으려 애쓰면서 말한다.

"애야, 잘 가렴. 집에 도착하면 문자 보내줘."

나는 불안한 모습으로 딸에게 걱정을 끼치고 싶지 않다. 하지만 불안함은 항상 내 안에 있다. 내 아이들이 몇 살이 되었건 중요하지 않다. 나는 항상 아이들에게 엄마인 것이다.

아이들이 태어난 후 내 삶의 모든 것이 바뀌었다. 그전에는 인생에서 별로 두려울 것이 없었고 나 자신도 겁이 많은 타입이 아니었다. 내 아이들이 태어날 때까지는. 하지만 아이들이 태어난 후로는 내가 아이들 곁에 머물지 못할 수도 있다는 것이 두려워 내 건강에도 훨씬 신경을 썼다. 또한 내가 알고 있던 어떤 감정보다도 압도적인 두려움이 있었는데, 그것은 아이들이 나쁜 상태에 빠질지도 모른다는 것이었다. 아이들의 행복과 건강은 내 인생에서 가장 중요한 목표가 되었다. 또한 이 아이들에게 무슨 일이 일어날지도 모른다는 걱정의 목소리가 내 마음 한구석에서 늘 속삭이고 있었다.

우리 아이들이 어렸을 때까지만 해도 문제가 없었다. 아이들에게 언제든 미리 경고를 하거나 내가 돌볼 수 있었으니까. 어떤 경우에는 아이들을 깨지기 쉬운 날달걀처럼 다루기도 했다. 애들이 밤길을 걷는 것이 불안하게 여겨져서 친구 집에서 차로 데려오는 것도 괜찮았다.

그때는 내 행동을 정당화할 수 있었다. 하지만 아이들이 나이가 들어갈수록 행동을 자제해야 한다는 것을 알게 되었다. 그래도 머릿속의 걱정은 사라지지 않았다. 단지 그것을 밖으로 드러내지 않았을 뿐이다. 애들이 운전면허증을 따고 친구들이랑 어울려 나간 저녁이면 나는 밤늦도록 잠을 이루지 못했다. 그러다 차고에 차가 들어오고, 곧 이어 현관문 열리는 소리가 들려야만 비로소 잠을 잘 수 있었다. 하지만 아침 식사 자리에서 그런 말을 한 적은 없었다.

왜냐하면 두려움은 전염성이 강하기 때문이다. 내가 걱정에 시달린다고 해서 나의 자식들이 두려움 속에서 살아야 할 필요는 없는 것이다. 해가 갈수록 나는 아이들이 살아가면서 결정하고 행하는 일들에 지나치게 간섭할 권리를 잃어갔다. 자녀들에게 걱정을 내보이는 것은 내가 그들의 삶에 관여한다는 것을 의미하기 때문이다. 내가 참지 못하고 간섭을 시작할 때 그것이 어떤 문제로, 폭발로 이어지는지 나는 여러 상황을 경험하면서 잘 알게 되었다. 또한 그 누구도 자신의 삶에 끊임없이 간섭하는 것을 좋아하지 않는다는 사실을 이해한다.

그러니 나는 말을 꺼내기 전에 수많은 생각을 품은 채 침묵을 지킨다. 그 생각들은 다음과 같다.

너 일을 너무 많이 하는 거 아니야?

아니, 그렇게 말하면 안 돼.

주말에 시간이 날 때 좀 쉬는 게 좋지 않을까?
아니, 그렇게 말하면 안 돼.

상황이 너무 힘들면 얘기를 하는 게 좋지 않을까?
아니, 그렇게 말하면 안 돼.

기침이 멈추고 나서 다시 일하러 가면 안 되겠니?
아니, 그렇게 말하면 안 돼.

나는 생각의 검열관이 되었다. 나는 정말 아이들에게 내가 하고 싶은 말이 무엇인지 먼저 체크한다. 나는 엄마 노릇을 하고 싶은 충동과 싸워야 한다. 나 또한 부모님들이 내가 요청하기도 전에 내 인생에 간섭하는 것을 얼마나 힘들어했는지 잘 기억하고 있다. 내가 요청하지도 않은 도움이 얼마나 성가셨는지도. 아이들이 자신들의 상황을 이야기하며 내게 조언을 청하는 것은 완전히 얘기가 다르다. 그럴 때 나는 자신의 행복과 건강을 위한 결정을 내리라고 얘기해줄 것이다. 아니면 입을 닫을 것이다.

물론 어려운 일이긴 하다. 끊임없이 내 머릿속에 할 말이 맴도니까. 하지만 내가 말을 내뱉지 않을 때 얻을 수 있는 것은 너무나 많다. 내 아이들이 얼마나 현명하고 독립적인지, 또 자신의 인생을 얼마나 잘 꾸려가는지를 알게 되는 것이다. 세상에 대한 두려움을 극복하고 더 이상 나를 필요로 하지 않는다는 것도. 스스로 결정하는 법을 배웠으므로 내가 없이도 세상을 잘 살아간다는 것을 알게 되는 것이다. 이것이야말로 엄마로서 바랄 수 있는 최상의 결과가 아니겠는가.

현대 의학의 선물

인공 고관절

나는 여러 가지의 작은 기적을 경험한다. 아침에 왼쪽 다리를 침대 바닥에 내려놓을 때 고통이 느껴지지 않을 때, 그것은 작은 기적이다. 커피 한 잔을 마시기 위해 부엌으로 들어가면서도 고통을 느끼지 않는 것, 그 또한 작은 기적이다. 수영장으로 들어가서 느긋하게 수영을 즐기는 것, 사실상 커다란 기적이다. 한동안 그 어떤 것도 가능하지 않았던 시기가 있었기 때문이다. 내 왼쪽 엉덩이 부위에는 인공 고관절이 삽입되어 있다. 현대 의학이 삶을 얼마나 긍정적으로 바꿀 수 있는지 나는 이를 통해 절감했다.

수술을 선택하기 전 나는 몇 년 동안 고통에 시달렸다. 오른쪽 엉덩이 관절은 전혀 문제가 없었지만 왼쪽은 형태가 일그러져 있었다. 기형과 그로 인한 고통은 나이가 들어서야 찾아왔지만 그 간격은 점점 짧아지고 있었다. 나는 고통을 견디기 위해 자주 쉬었고 관절을 보호하기 위해 노력했지만 고통을 더 이상 참을 수 없는 때가 닥쳤다.

어느 가을날, 시내 중심가에서 집으로 걸어오다가 보도에 멈춰 서서 눈물을 펑펑 쏟던 때의 기억이 아직도 생생하다. 통증이 너무 심해서 집에 어떻게 가야 할지 생각이 나지 않았다.

벌써 15년도 더 된 시절이다. 당시 나는 60대 중반이었고 고관절을 너무 일찍 교체하는 것에 반대했다. 그때만 해도 인공관절을 영원히 사용할 수 없을 것으로 생각했기 때문이다. 무덤까지 인공관절을 가지고 가기 위해서는 가능한 수술을 연기하는 것이 좋겠다고 생각했다. 하지만 길 위에서 눈물을 철철 흘린 이후 나는 당장 수술을 하지 않으면 앞으로 닥칠 고통을 감당할 수 없을 것이라는 사실을 확실히 깨달았다. 그렇게 되면 나머지 건강한 몸으로 삶을 헤쳐 나가는 것도 불가능하고 집안에서만 살아야 할 것이다. 나는 한쪽 고관절로만 여생을 살아가야 한다는 생각을 견딜 수 없었다.

수술 후 깨어났을 때 나는 몸 속의 인공관절을 느낄 수 있을 거라고 생각했다. 하지만 깨어났을 때 내가 느낀 것은 오로지 마취 후의 몽롱함과 사라진 고통이었다. 물론 그 후에도 아주 고달픈 단계를 거쳐야 했다. 목발을 짚고 걷고 계단을 오르는 법을 배워야 했고, 재활원에서 마사지와 운동을 반복해야 했다. 하지만 몇 주가 지나자 마치 내 신체 나이가 시계바늘로 되돌린 것 같았다.

수술 후 여름이 되었고 나는 남편과 다시 하이킹을 갈 수 있었다. 내리막길에는 몸이 약간 비틀거리는 것을 느꼈지만 울리가 손을 잡아주어서 괜찮았다. 나는 지금도 수영을 하고, 마치 정상적이고 건강한 두 개의 엉덩이 관절을 가진 것처럼 뛸 수 있다. 의사들이 나에게 이토록 멋진 나날을 선물해준 것이다.

인간의 몸도 자동차 후드 밑에 있는 부품과 비교할 수 있을 것이다. 오래 쓰려면 기름칠을 하고 유지해야 하는 부품들이 있다. 자동차를 자동차 검사소에 가지고 가기 전 필요한 부품을 갈고 정비소에 며칠 동안 맡겨서 수리를 해야 한다. 하지만 멋진 것은 그 후에는 엔진이 다시 잘 작동된다는 사실이다.

현대 의학은 그처럼 우리 몸에 여분의 부품을 이식하여 사용할 수 있도록 만들었다. 많은 사람들이 인공관절 덕분에 노후에 남에게 의존하지 않고 고통 없이 살 수 있게 되었다. 게다가 두려움을 없애는 장치까지 의사들은 개발했다. 심장이 계속해서 벌렁거리는 바람에 밤에도 잠들지 못하고 심장 뛰는 소리를 들어야 한다면 심장조율기를 통해서 두려움을 잠재울 수 있을 것이다.

그 때문에 나는 우리 사회의 건강 시스템에 대해 불평하는 사람들을 이해할 수 없다. 병원에서의 오랜 기다림과 비싼 의료보험료에 대한 불평 말이다. 하지만 우리는 다행히도 우리가 필요로 하는 거의 모든 약과 수술비가 지불되는 나라에서 살 수 있다. 나처럼 고관절 통증에 시달리면서도 수술할 여력이 없는 세상의 모든 사람들을 생각하면 너무나 마음이 아프다. 게다가 꼭 필요한 기본적인 의약품도 갖추지 못하고 사는 사람들이 얼마나 많은가!

꽃양배추 헤어스타일

여성의 탈모

나는 많은 부분에 과감한 편이지만 헤어스타일은 다르다. 그래서 같은 미용사에게 30년 넘게 머리를 맡겼던 것이다. 그는 내 머리에 거품을 낸 다음 가위로 머리를 다듬는다. 그리고 나는 그 결과가 항상 마음에 든다. 머리칼이 얼굴을 부드럽게 가리는 짧은 픽시 컷.

긴 머리 스타일을 한 지는 아주 오래되었다. 마지막으로 긴 머리를 한 것은 여학교 시절로 당시에는 모두 머리를 땋고 다닐 때였다. 10대 시절 처음으로 머리를 잘랐을 때 분명 그 스타일은 당시로선 획기적인 패션이었다. 물론 짧은 머리를 한 나의 모습도 마음에 들었다. 현대적인 스타일이었으니까.

하지만 사실 나의 헤어스타일은 나의 게으름과도 많은 관련이 있었다. 나는 항상 머리를 감고 그대로 말릴 수 있을 정도로 짧게 잘랐다. 자연스럽게 말릴 때 가장 어울리는 헤어스타일을 한 것이다. 나는 늘 이렇게 말하곤 했다.

"내 머리는 질 좋은 햄과 같아. 자연 상태로 말릴 때 제일 멋지거든."

젊었을 때 의식적으로 짧은 머리를 결정했던 나 자신이 기특하다. 나이가 들면 다른 선택의 여지가 없기 때문이다. 머리카락은 세월이 흐르면서 점점 가늘어진다. 물론 운이 좋아서 나이가 들어도 숱이 풍성한 머리를 유지하는 여성도 있지만 대부분 나이가 들면 풍성하고 윤기 나는 긴 머리를 유지하기 힘들다. 그래서 대부분의 여자 노인들은 짧은 헤어스타일을 하게 된다. 내가 꽃양배추라고 부르는 헤어스타일도 그 중 하나인데, 머리 위에 꽃양배추를 얹은 듯한 모양의 곱슬거리는 짧은 퍼머 머리이다.

이런 헤어스타일은 우리 사회가 아름다움에 대한 강박증으로 인해 숨기고 있는 부분, 즉 나이가 들면 여성도 탈모가 오고 머리칼이 얇아진다는 사실을 숨기는 데 많은 도움이 된다. 사실 탈모는 여성들도 많이 겪는 일이지만 공개적으로 크게 문제가 되지 않는다. 대부분은 남성의 문제로 치부되기 때문이다. 물론, 남자들의 경우 이마 위가 벗겨지는 머리 모양과 스님처럼 삭발한 스타일, 심지어 대머리까지 다양한 형태의 탈모 현상을 볼 수 있다. 반면 여성의 경우 나이가 들어 진행되는 탈모 현상은 그저 숱이 적어지는 경우가 대부분인데, 특히 가르마 부분이 듬성듬성해지는 걸 쉽게 볼 수 있다.

나는 이 문제에 대한 공론이 거의 없다는 것에 문제가 있다고 느낀다. 그 결과 여성들의 머리칼이 빠지고 얇아질 때, 대부분 그것이 노화와 관련된 정상적인 현상이라기보다는 개인적인 문제라고 여긴다. 그 때문에 탈모를 감추어야 한다는 압박감을 느끼는 것이다. 그것이 짧은 헤어스타일이나 퍼머로 이어진다.

물론 탈모에 의연하게 대처하지 못하고 모자나 우스꽝스러운 빗질로 그것을 감추려는 남자들도 있다. 하지만 적어도 대부분의 남자들은 어릴 때부터 탈모의 가능성을 염두에 두고 살아왔으며 머리가 반쯤 벗겨지더라도 거리를 아무렇지 않게 걸어다닐 수 있다. 반면 여성의 경우 외면적인 아름다움으로 평가를 받는 경우가 훨씬 많다. 또한 노후에도 여성스럽고 우아한 태도로 나이의 흔적을 조심스럽게 숨기거나 크림으로 주름의 흔적을 지우는 것이 당연시된다. 우리는 이것이 얼마나 비현실적인지 알면서도 이러한 사회적 이상에 부합해야 한나는 압박감을 심하게 느낀다는 게 문제이다.

하지만 나는 더 이상 이런 압력에 굴복하고 싶지 않다. 나는 화장을 거의 하지 않는 내 모습이 좋고 이 세상을 활기차게 살아온 내 얼굴의 주름이 멋지다고 생각한다. 하지만 아침에 거울을 보면서 예전보다 머리를 빗는 데 시간을 더 많이 보낸다는 점을 나는 인정하지 않을 수 없다. 머리칼이 더 이상 예전처럼 가지런하게 매달려 있지 않기 때문이다.

하지만 이런 생각들이 나를 괴롭힐 때마다 나는 단골 헤어디자이너에게 간다. 내가 30년 동안 다른 사람에게 나의 머리를 맡기지 않은 것은 이유가 있다. 그는 나를 바꾸려고 하지 않는다. 그는 나의 모습 그대로를 좋아해준다. 내 머리에 처음으로 흰머리가 생겼을 때도 그는 머리칼을 들여다보더니 다음과 같이 말했다.

"멋진 실버 하이라이트가 생겼네요. 이 스타일로 일부러 염색을 하려면 꽤 비싸답니다! 자연스럽게 생겼으니 운이 좋으시군요."

어쩌면 유일하고 진정한 아름다움의 비결은 당신을 웃게 만드는 사람들에 둘러싸이는 것일지도 모른다. 다른 모든 것은 사실 중요하지 않다.

그가 더 이상 화장실을 찾을 수 없던 날

알츠하이머는 결혼 생활을 어떻게 바꾸는가

내 남편 울리는 감정을 잘 표현할 줄 모르는 사람이었다. 하지만 행동으로 자신의 마음을 보여주곤 했다. 산책길에 그는 매끈한 걱정 돌멩이(손바닥에 쥐고 문지르면 마음이 편안해지고 기분이 좋아진다고 믿는 돌멩이) 하나를 주워 주머니에 넣고 와서는 나중에 손녀에게 주었다. 집안에 뭔가가 부서지면 남편이 알아서 잘 고쳤다. 그는 CD 플레이어나 PC, 라디오의 나사를 풀고 케이블을 분류하고 필요한 경우 납땜을 했다. 저녁이면 우리는 테라스에서 와인을 한 잔씩 마시곤 했는데, 그럴 때면 남편은 벤치에 앉아 낮 동안 정원일로 그을린 팔로 나를 감싸 안곤 했다.

인생에는 책처럼 별도의 장이 없다. 삶이 흘러가는 동안 한 시기의 끝은 흐릿해질 뿐 실제로 어느 시기에도 분명한 끝이 없다. 왜냐하면 삶은 항상 계속되기 때문이다.

하지만 내 인생에 갑작스런 종말이 찾아온 적이 있었다. 더 이상 변기를 구분할 수 없어 울리가 집안의 냉장고에 오줌을 싼 날이었다. 소변에 젖은 당근을 야채 칸에서 꺼내 쓰레기통에 던져 넣으며 나는 목이 메었다. 역겨움 때문이 아니었다. 외로움 때문이었다. 40여 년 동안 인생의 중요한 고비를 나와 함께 넘어 왔던 남자가 더 이상 거기에 없다는 사실을 불현듯 깨달았기 때문이었다.

인간을 형성하는 중요한 두 가지 요소가 있는데 하나는 성격, 즉 그가 세상을 대하는 방식이다. 다른 하나는 기억이다. 알츠하이머는 사람들을 텅 비게 만들고 두 가지 모두를 우리에게서 빼앗아 간다. 남편은 고집 센 아이가 되었다.

모든 기억이 사라졌다. 이탈리아의 해변에서 휴가를 보낼 때 나를 보고 입술을 비틀며 웃던 모습. 나도 마주보며 웃었고 바람이 불어 내 머리칼을 헝클었다. 우리는 복숭아를 나눠 먹었고 단 과즙이 입가로 떨어져 내렸던 것을 기억한다. 우리가 타던 폭스바겐의 뒷 좌석에서 유아용 시트에 앉아 있던 우리의 딸이 통통한 손가락을 뻗어 남편의 손끝을 잡던 기억, 아이의 손가락이 남편의 손끝 크기만 할 때의 일이다. 딸아이의 자전거가 고장났을 때 다시 쌩쌩 달릴 수 있도록 자전거를 고치던 기억. 도시로 이사하기로 결정하고 나이가 들어서 기력이 떨어졌음에도 불구하고 콘서트에 같이 가던 기억. 손주들이 우리가 사는 아파트로 찾아와 마룻바닥을 울리며 뛰어다닐 때 아래층 병원의 천장은 분명 난리가 났을 테지만 그래도 행복했던 기억. 달음박질하는 아이들의 튼튼한 다리와 허벅지는 얼마나 귀여웠던가.

그 모든 것을 이제 나 혼자만이 기억한다.

병이 우리의 일상 속으로 슬금슬금 기어들어 올 때 내가 어떤 반응을 보였는지를 생각하면 지금도 부끄럽다. 울리는 빵집에 갔다가 빈손으로 돌아오곤 했다. 차를 운전한다고 나가더니 도로 한가운데를 달리기도 했다. 안락의자에 앉는다고 해놓고서는 옆에 있는 티 테이블에 앉았다. 나는 말년에야 우리 결혼의 위기가 닥쳤다고 생각했으며, 그가 일부러 나를 도발하고 지치게 만들고 있다고 여겼다.

그때 내뱉었던 말을 거둘 수 있다면 얼마나 좋을까. 좀 더 참을성 있게 그를 대했더라면……. 하지만 내 손주의 말마따나 알츠하이머는 최후의 적이다. 소리를 지르고, 으르렁거리고, 베개를 던지고, 아파트에서 뛰쳐나가고, 비명을 지르게 만든다. 삶이 지독히 고달파져서 그렇지 않으면 살아갈 수가 없어진다.

진단이 내려진 것은 다행이었다. 마침내 나는 모든 상황을 이해할 수 있었다. 일단 아이들에게 먼저 이야기해야만 했다. 내 딸은 간호사이다. 딸에게 상황을 설명하자 그 애는 식탁에서 일어나 정원으로 나가더니 한참을 우리에게 등을 보이고 서 있었다. 몇 분 동안이고 헤이즐넛 덤불을 바라보고 있었다. 딸아이는 우리에게 무슨 일이 일어날지 알고 있었다.

인구의 힘
무엇이 국가의 운명을 좌우하고
세계사의 흐름을 바꾸는가
The Human Tide
"인구는 언제나 중요했다."
세상 친절한
중국상식
62가지 질문으로 들여다본 중국인의 뇌 구조
"중국, 무엇을 어디서부터 알아야 할까?"
숫자로 떠나는 경이로운 지식여행
세상의
모든 수 이야기
IS THAT A BIG NUMBER?
현대사회에서 수학보다 중요한 것은 '수 감각'이다.
"잠들어 있는 당신의 수 감각을 깨우는 최고의 책"
질병이 바꾼
세계의 역사
WIE KRANKHEITEN
GESCHICHTE MACHEN
미래의창
도서목록
검사의 대화법
말하지 않은 것까지 듣는 진정한 대화의 힘
초연결 시대의 집, 새로운 시장을 열다
퓨처홈
'퓨처홈'의 승자는 누가 될 것인가?
NO BRAND
노
브랜드 시대의
브랜드 전략
kakao와 NAVER는
어떻게 은행이 되었나
핀테크 트렌드로 보는
밀레니얼이 원하는 미래 금융
블로그 miraebookjoa.blog.me
페이스북 facebook.com/miraebook
인스타그램 @miraebook

요가, 몸으로 신화를 그리다
신화와 어원으로 읽는 요가 이야기

클레망틴 에르피쿰 지음 | 류은소라 옮김 | 256쪽 | 14,800원

신들이 떠난 자리에 요가가 남다
당신의 요가에 깃든 신화 이야기

고양이 본능 사전
고양이 행동 심리학자 잭슨 갤럭시가 말하는 고양이와 공존하는 법

잭슨 갤럭시·미켈 마리아 델가도 지음 | 이현주 옮김 | 384쪽 | 17,000원

미국 최고의 고양이 행동학자 잭슨 갤럭시가 소개하는
고양이에 대한 새로운 접근법

엄청나게 똑똑하고 아주 가끔 엉뚱한 뇌 이야기

딘 버넷 지음 | 임수미 옮김 | 허규형 감수 | 464쪽 | 18,000원

뇌와 인간의 본격 공존 탐구서
세상에서 가장 웃기는 신경과학자가 들려주는 뇌과학 코미디

소비로 보는 사람, 시간 그리고 공간
빅데이터, 사람을 읽다

BC카드 빅데이터센터 지음 | 312쪽 | 19,000원

빅데이터, 마케팅이 되다!
빅데이터가 알려주는 대한민국 소비자의 진짜 마음

복잡성에 빠지다
왜 단순함이 최고의 전략인가

지용구 지음 | 260쪽 | 15,000원

열심히 하는데 왜 더 잘 안될까?
복잡성에 빠진 한국 사회에 던지는 통렬한 비판!

바이러스가 바꿔놓은, 그리고 바꾸게될 경제
'브이노믹스'의 시대
"지금 중요한 것은 변화의 방향이 아닌 '속도'다!"

트렌드 코리아 2021
서울대 소비트렌드분석센터의 2021 전망

김난도 외 8명 지음 | 452쪽 | 18,000원

무슨 일이 벌어져도 삶은 계속되고 소비는 이루어진다. 코로나가 순식간에 큰 변화를 몰고 온 것 같아도 지금의 변화는 이전부터 서서히 진행되어왔던 것이다. 언택트, 집 중심의 라이프스타일, 온라인 쇼핑의 증가는 이미 저변이 확대되고 있었으나 이번 사태로 그 확산 속도가 더욱 빨라졌을 뿐이다. 새로운 브이노믹스 패러다임에 얼마나 잘 적응하느냐가 장기화될 코로나 시대를 이겨내는 전략을 제공할 것이다.

퓨처홈
초연결 시대의 집, 새로운 시장을 열다

제퍼슨 왕 외 3명 지음 | 이종민 옮김 | 256쪽 | 16,000원

집은 어떻게 새로운 비즈니스가 되는가?
5G 기술이 여는 퓨처홈이 온다

더 이상 아내가 아닌 가정부

배우자 돌보기

여자로 산다는 것은 어떤 면에서 비극이다. 많은 여성들이 모른 척하고 있지만 하나의 사실에 직면하게 된다. 배우자들보다 오래 살 가능성이다. 많은 여자들이 다음과 같은 질문과 마주치게 된다. 내가 배우자를 돌볼 수 있을까, 더 중요한 것은 내가 그걸 원하는 걸까?

나는 때가 될 때까지 이러한 질문을 억눌러야만 했다. 남편의 알츠하이머병이 심각해지자 나는 그를 하루 종일 돌봐야 했는데 때로는 한밤중에도 쉴 수가 없었다.

알츠하이머는 내가 더 이상 그의 아내이자 배우자, 가장 가까운 사람이 아니라는 사실을 확실히 가르쳐주었다. 나는 단지 그의 가정부이자 비서, 관리자이자 간호사, 운전사로서의 책임을 지게 되었다. 내가 그 책임을 질 준비가 되어 있건 아니건 상관없었다.

밤에는 침대 시트가 젖는 바람에 자주 잠에서 깼다. 남편이 기저귀를 채웠음에도 불구하고 기저귀를 내리고 침대에 오줌을 싼 것이다. 나는 침구를 벗겨 세탁기에 넣고 매트리스를 말린 다음 다시 침대를 다듬었다. 그리고 나서 침대에 들어가 몇 시간 동안 잠을 청했다. 아침에는 남편보다 먼저 일어나 아침을 먹었다. 그리고는 그를 깨웠다. 남편은 내가 깨울 때면 화를 벌컥 냈다. 하지만 그를 일으켜 화장실에 보내지 않으면 남편이 다시 기저귀를 내리고 오줌을 쌀 것이라는 것을 나는 알고 있었다.

나는 그와 함께 화장실로 가서 면도를 시키고 샤워를 하도록 떠밀었다. 그는 씻는 법을 잊은 상태였다. 샤워 후에는 그를 말리고 옷을 입혔다. 남편은 옷을 입는 법도 잊어버렸다. 나는 빵 두 조각에 버터를 발라주었다. 그는 아침 식사를 만드는 방법도 잊어버렸다. 아침밥을 그의 앞에 놓고 옆에 앉아서 그가 식사하는 걸 잊어버리지 않도록 도와주어야 했다. 또한 그를 위해 온갖 종류의 알약을 챙겨주어야 했다. 그리고는 약을 입에 넣어주고 물컵을 입에 대줘야만 했다. 안 그러면 눈앞에 약이 있는 것도 그는 잊어버렸다. '잊어버리다.' 그 단어에 얼마나 진저리가 났던가!

양치질을 시킨 다음에는 남편을 안락의자까지 데려가서 (그는 여전히 걸을 줄 알았지만 어떻게 걸음을 멈춰야 할지는 몰랐다.) 그가 옆 테이블이 아닌 안락의자에 제대로 앉는지를 확인했다.

대개의 경우 그때가 하루 중 내가 처음으로 울음을 터트리게 되는 시간이었다. 전날 밤 침대 시트를 세탁기에 넣을 때 울지 않았다면…….

남편과 나는 더 이상 걱정거리를 나누거나 함께 웃지도 다투지도 않았고, 그는 더 이상 나를 쳐다보지 않았다. 내가 울고 있을 때 그는 왜 우는지도 묻지 않았다. 그의 마음은 성에가 낀 유리벽 뒤에 있는 것 같았다. 여전히 불타오르는 감정이라고는 분노뿐이었다. 잼이 발라진 빵을 씹는 법을 잊어버려서 스스로에게 짜증을 내기도 하고 내가 자신을 가만두지 않아서 화를 내기도 했다. 그가 원하는 것은 단 하나 그저 쉬는 것이었다.

한번은 남편이 복도에서 넘어졌다. 내가 그를 일으키려 하자 남편은 어린아이처럼 나에게 대항했다. 문제는 그가 여전히 나보다 힘이 셌다는 점이다. 어느 순간 나는 포기했다. 그리고 사위를 불러 그가 일어나는 것을 돕게 했다.

남편을 돌보는 일이 나를 누르고 있었다. 그것은 분명한 사실이었지만 인정하고 싶지 않았다. 돌보는 일을 대폭 줄이고 나서야 그 사실을 깨달을 수 있었다.

고장난 심장

배우자를 요양원으로 보내는 결정에 대해

나는 병원 냄새가 싫다. 무슨 냄새인지를 정확히 말하기는 어렵다. 병원 침대에 누워서 나는 냄새에 대해 생각해보았다. 심장을 쥐어뜯는 냄새도 아니고 죽을 것 같은 냄새도 아니다. 그게 뭔지 곰곰이 생각해보자. 차라리 병원 냄새가 무엇으로 구성되었는지에 집중해보는 것이 좋겠다. 약간 식은 구운 고기 같기도 하고 오줌이 섞인 냄새 같기도 하며 살짝 달콤한 것 같기도 한 냄새. 그건 바닥을 닦는 데 사용하는 청소용 세제의 냄새가 아닐까?

냄새의 이유를 알 수 없었다. 나는 병실의 약물 주입장치와 비상벨에서 시선을 떼고 기억을 더듬기 시작했다.

날씨가 유난히 좋은 날, 나는 울리와 함께 정원으로 나갔다. 지난 몇 달 동안 늘 그랬듯이 울리는 아침 내내 나에게 한 마디도 말을 하지 않았다. 알츠하이머는 마지막까지 남아 있는 그의 성격조차 잠식해가고 있었다. 봄치고는 더운 날이었다. 나는 정원에 무릎을 꿇고 앉아 흙을 헤치고 잡초를 뽑기 시작했다. 몸이 점점 따뜻해지고 있었다. 나는 땅 깊숙이 뿌리 내린 잡초를 잡아당기기 위해 몸을 죽 뻗었다. 그때 어떤 느낌이 내 몸을 훑고 지나갔다. 가슴이 당기는 느낌이었다. 나는 숨을 쉴 수 없었다.

시누이가 나를 보고 "언니, 얼굴이 완전히 새파래졌어요!" 라고 소리쳤다. 그 후 내 기억은 소용돌이 속으로 빠져들었다. 처음엔 집에서 쉬면 몸이 좋아질 줄 알았지만 이틀 동안 비실거리다가 그 다음엔 완전히 몸져누웠던 기억이 희미하게 난다. 주치의가 구급차를 불러서 나는 병원으로 실려 갔다.

의사가 병실로 들어왔다. 내가 '상심증후군Takotsubo syndrome'을 앓고 있는 것이 분명하다고 그가 진단했다. 내가 스스로 진단한 병명은 '심근경색'이었다. 늙은 데다 가슴이 당기는 느낌을 받았으니까. '온라인 의료정보'를 통해 나는 이런 상황을 잘 대비하고 있다고 생각했다. 그래서 나는 믿을 수 없다는 듯이 의사를 바라보았다.

"내가 무슨 병에 걸렸다구요?"

의사는 도관 삽입 검사 결과로 내 병증은 심장마비가 아니라 상심증후군이라는 것이 밝혀졌다고 설명했다. 의사의 설명 후에 집으로 돌아와, 나는 이후 내 증세에 관한 많은 정보를 접하게 되었다. 상심증후군은 실제로 심장마비와 증상이 거의 비슷하다. 그리고 그것은 분명한 경고 사격이기도 했다. 상심증후군은 지나친 스트레스에 대한 반응인 것이다. 배우자의 죽음이나 비슷한 불운을 겪고 나서 이 같은 상심증후군을 겪는 사람이 많다고 한다. 또 지나치게 일을 많이 해서 상심증후군에 시달리는 사람도 있다. 내 경우는 두 가지가 합쳐진 결과일 것이다.

그전까지의 몇 년이 내겐 너무 힘들었던 것이다. 남편을 보살피는 일이 나를 짓누르고 있었다. 가족이나 친지들은 모두 나에게 남편을 요양원으로 보내라고 말했다. 전문 간호사들이 그를 어떻게 보살펴야 할지, 어떻게 그를 들어올려 씻기는지 나보다 훨씬 잘 알고 있다고 그들은 말했다.

"당신은 지금 스스로를 파괴하고 있는 거예요. 제발 우리가 도와줄게요."

나는 그들이 말하려는 핵심을 알고 있었다. 하지만 상황이 반대였다면 울리 역시 나를 돌봤을 것이라는 걸 나는 알고 있었다. 그도 역시 집에서 나를 돌보길 원했을 것이다. 그것이 결정을 너무나 어렵게 만들었다. 우리는 좋은 때도 나쁜 때도 함께하기로 약속하지 않았던가.

의사의 분명한 경고를 듣고 난 후 어쩌면 '죽음이 우리를 갈라놓을 때까지'라는 서약이 현실이 될 수도 있을 것 같다는 생각이 들었다. 울리를 돌보다가 내가 진이 빠져서 먼저 죽을 수도 있다는 얘기였다.

사위가 방으로 들어왔다. 그는 여러 가지 현명한 대안을 제시했다. 울리와 함께 있을 수도 있으며 요양원에서 많은 시간을 같이 보낼 수도 있다고. 또한 내가 계속 집에서 혼자 울리를 돌보다가는 울리를 더 이상 도울 수 없는 상태에 빠질 수 있다는 것도. 요양원이 생각보다 훨씬 나쁘지 않다는 이야기도 했다.

처음으로 나는 스스로 인정해야 했다. 더 이상은 계속 할 수 없다. 해방감을 주는 생각이었다.

성경에는 "네 이웃을 네 몸처럼 사랑하라"는 말이 있다. 이 말을 읽고 대부분은 타인을 위해 자신을 희생해야 한다고 받아들인다. 하지만 여기에는 자신을 사랑하지 않으면 타인을 도울 수 없다는 뜻이 담겨 있다.

그들이 존경을 받을 수밖에 없는 이유

요양원과 관리 시스템

요양원이라는 말만 나오면 코를 찡그리는 사람이 있다. 그곳의 간호사들은 무지막지하게 과로한 상태에서 근무하므로 모두 불친절하다는 편견은 우박처럼 여기저기서 쏟아진다. 또한 식사 메뉴라고는 녹색(완두콩 으깬 것), 노란색(감자 으깬 것), 주황색(당근 으깬 것)으로만 이루어진 무염 죽밖에 없다는 편견. 복도나 방에서는 지린내가 상시 풍긴다는 편견.

이런 진부한 말을 들으면 짜증이 난다. 물론 어떤 경우에 요양원에서 다소 불쾌한 냄새가 나는 것은 사실이라는 점은 인정한다. 세제와 오줌을 싼 기저귀에서 나는 냄새가 섞인 달착지근한 냄새. 하지만 모든 편견은 한 가지 결정적인 사실을 무시하는데, 그것은 요양원에서 일하는 사람들이 정말로 매일 최선을 다하고 있다는 사실이다.

더 이상 혼자서 남편을 돌볼 수 없었던 나로서는 그들의 노고를 절감할 수밖에 없었다. 남편을 요양원에 보내는 것 말고는 달리 방법이 없었다. 그를 보낸 후로 내 몸이 금세 좋아지는 것을 느꼈다. 더 이상 남편을 안락의자에서 일으키거나 씻기거나 받칠 필요가 없었다. 이 모든 것을 이제는 올바른 훈련 과정을 거치고 의료적 응급 상황을 제때에 판단할 수 있는 전문가들이 수행하게 되었는데, 나로서는 가장 중요한 문제를 해결한 것이었다. 울리는 자주 호흡 곤란을 겪었다. 그가 집에서 지낼 때는 그런 모습을 볼 때마다 구급차를 불러야 하는지, 아니면 그냥 두어도 될지 고민에 휩싸이곤 했다. 이제 경험 많은 사람들이 그를 보살피고 있다는 것을 알고 있으므로 더 이상 내가 그 상황을 책임지지 않아도 된다는 사실이 나에게는 너무나 위안이 되었다.

이런 상황에서 요양원에서 근무하는 간호사들에게 나는 커다란 고마움을 느꼈다. 울리와 매일 가능한 한 오랫동안 같이 지내고 싶어서 나는 그곳에서 많은 시간을 보냈다. 아침에 일어나면 요양원으로 가서 울리의 방에서 함께 지냈다. 거기서 울리의 식사를 도와주었다. 죽이 아니라 맛있게 양념이 된

야채 냄비요리나 일요일이면 고기구이나 생선구이가 나오는 괜찮은 식단이었다. 종종 나는 저녁이 되어서야 혼자 사는 아파트로 돌아가곤 했다.

그 덕에 나는 간병인이나 간호사들과도 가까이 지내게 되었다. 나는 그들을 존경한다. 남편이 지냈던 요양원에서는 일자리를 찾아 동유럽에서 독일로 이주한 많은 여성들이 일을 했다. 점심 때 노인들과 다정하게 이야기를 나누거나 옆에 앉아 손을 잡아주는 이들의 모습을 보고 있노라니 너무나 고마운 마음이 들었다. 동시에 끔찍한 근무 환경에도 불구하고 그 여성들이 어떻게 그런 모습을 유지할 수 있는지 궁금함을 금할 수가 없었다.

독일의 간호사들은 정말 죽도록 많은 일을 해야 하기 때문이다. 요양원이나 요양병원에는 간호 인력이 너무 적어서 이들은 거의 쉴 새 없이 짧은 시간 안에 모든 일을 해내야 하고 시간이 많이 걸리는 서류 작업조차도 해결해야 한다. 그러면서도 이들은 관심을 갈구하는 외로운 노인들을 위해 일일이 보살피는 것을 잊지 않는다.

물론 남편이 살고 있던 요양원에서도 종종 문제가 생기는 일이 있곤 했다. 남편의 옷이 세탁 후에 다른 노인의 방에 가 있기도 하고 남편이 두 번씩이나 도망가는 일도 생겼다. 한번은 내 친구가 요양원 앞 도로에서 남편을 발견했는데 그는 집으로 가는 중이라고 말했다고 한다. 또 한 번은 밤에 자기 방을 나갔는데 어디에서도 그를 찾을 수 없었다. 결국 그날 밤 당직을 맡고 있던 나이 든 간호사가 한 여자 노인의 방에서 남편을 찾았다고 한다. 사실 매우 귀여운 에피소드였다. 방으로 들어온 남편에게 여자 노인은 자기 침대에 자리를 내주었고 두 사람은 꼭 안고 누워 있었던 것이다.

하지만 그런 사건들에 대해 어떻게 관리자들을 비난하겠는가? 그렇게 바쁜데 어떻게 내 남편을 가까이서 일일이 지켜볼 수 있겠는가. 남편은 밖으로 나와서 복도를 서성이다가 가끔 다른 방으로 들어가곤 했다. 그러니 시시각각 남편을 감시하지 못한 것은 간호사들의 잘못이 아니다.

하지만 나는 요양원의 끔찍한 복지 시스템에 화가 난다. 간호사들의 열악한 근무 상황에 대해 왜 아무도 주목을 하지 않는가? 이들이 어떻게 일상을 헤쳐나가고 있는지 모두 관심을 가질 필요가 있다. 누구나 늙어가고 대부분의 경우에는 결국 누군가의 보살핌이 필요하기 때문이다.

나는 정치적인 인간이지만 살면서 시위에 참여해본 적은 거의 없다. 하지만 간호사의 근무 환경 개선을 위한 데모가 있다면 나는 즉시 코트를 입고 신발을 신을 것이다.

당신 없는 세상

남편이 세상을 떠난 날

창밖으로 깊고 푸른 하늘을 내다보았던 그날이 아직도 내 기억 속에는 생생하다. 병원에 누워 있는 울리의 침대 옆에 앉아 나는 그의 손등을 쓰다듬었다. 바깥에는 가을 햇살이 나뭇잎에 반짝이고 있었다.

남편은 9월의 어느 날 세상을 떠났다. 그곳에 오기까지 아주 먼 길을 여행해야 했다. 수년간 울리는 알츠하이머로 고통을 받아왔다. 하지만 알츠하이머로 죽는 사람은 없다. 알츠하이머란 병은 그 정도로 자비롭지 않다. 단지 숨을 쉬는 방법을 잊어버렸기 때문에 울리가 호흡 장애에 빠지는 일이 점점 잦아졌다. 이는 울리의 폐를 망쳤다. 결국 심각한 폐렴으로 그는 병원에 실려 갔다.

사랑하는 사람을 놓아주고 싶은 사람은 아무도 없다. 그 사람이 다시는 세상에 없다는 것을 온 마음을 다해 저항하게 된다. 그가 없는 세상이 존재할 수 있다는 사실을 받아들일 수 없다.

하지만 울리의 몸이 몹시 허약해진 데다 너무나 고통스러워하고 있었다. 그는 연명 치료를 더 받을 수도 있었다. 하지만 울리는 평소에도 연명 치료로 생명을 연장하고 싶지 않다고 늘 나에게 말해왔기 때문에 내가 그걸 선택한다면 이기적인 선택이 될 것이었다.

의사들이 그를 고통 완화실로 옮겼다. 그것은 나의 소망이었다. 나는 그도 그것을 원했을 거라는 걸 안다. 울리에게 중요한 것은 생명을 인위적으로 연장하는 것이 아니라 더 이상 고통에 몸부림치지 않는 것이었다. 이제 그에게 남은 날들과 시간이 부드럽게 지나갈 것이다.

일요일이 되었고 마침내 작별인사를 할 시간이라는 것이 분명해졌다. 울리의 피부에 반점이 생겼고 그의 몸이 식어가기 시작했다.

나는 울리의 손을 잡고, 그의 가슴을 쓰다듬으며, "이제 가도 돼요. 안 잡을게요"라고 반복해서 말했다. 남편이 내 말을 들었는지 모르겠다. 마지막 시간에 그가 외로움을 느꼈는지도 모르겠다. 더 이상 남편은 내 곁에 없었다. 나만 남았다. 나중에 아이들이 달려왔다.

일요일 저녁에 마지막 숨을 거두었다. 숨소리는 마치 쓰다듬는 것처럼 부드럽게 들려왔다. 그의 얼굴이 고통에 일그러진 것을 나는 며칠 동안 보았었다. 이제 그의 근육은 이완되었다.

생명이 너무 빨리 사라진다면 그 죽음은 잔인할 수 있다. 하지만 오랫동안 만족스러운 삶을 살았다면 죽음은 매우 평화로운 과정일 수 있다. 구원인 것이다.

영안실로 옮기기 전에 먼저 씻겨야 하므로 간호사들이 와서 침대에 누운 울리를 밀고 나갔다. 병실에는 작은 발코니가 있었다. 나는 그곳으로 잠깐 나갔다. 태양이 이미 하늘에 낮게 깔려 있었고 햇빛이 비스듬하게 비추고 있었는데 그 빛으로 세상 모든 것이 더욱 생생하게 빛나고 있었다.

가장 아름다운 순간이 끝나는 시간에 세상이 이토록 아름다울 수 있다니…… 어처구니가 없었다. 하지만 나는 가장 아름다운 시간을 경험할 수 있었던 것에 대해 깊은 감사를 느꼈다.

함께 그를 그리워하다

장례식 계획 세우기

사랑하는 사람이 죽으면 그가 이 세상에 더 이상 없다는 생각을 견딜 수 없다. 나는 단계별로 나누어서 생각하기로 했다. 오늘 밤까지 남편 울리를 만날 수 없다는 사실을 견뎌야만 한다. 혹은 주말까지 울리를 볼 수 없다는 사실을 견뎌야만 한다. 다시는 그를 볼 수 없을 것이라는 것은 상상도 할 수 없다. 너무나 괴로운 일이다.

사랑하는 사람이 죽고 나면 그를 보내는 과정이 시작된다. 대답해야 할 질문 또한 너무나 많다. 다음은 남편이 죽은 후 결정해야 했던 일에 대한 요약이다.

어느 장례식장에서 그를 보내야 할까? 어느 묘지에 울리를 묻을까? 장례식 미사는 어떤 목사님에게 맡겨야 할까? 무슨 노래를 부르는 게 좋을까? 가까운 친척과 가족들에게 보내는 장례식 초대장에는 무엇을 적어야 할까? 신문에 장례식 공고를 내는 게 좋을까? 울리를 보내는 장례식에 입을 만한 검은 옷이 있는가? 장례식이 끝나고 잔치를 열어야 할까? 만약 그렇다면 지인들을 모두 초대를 하는 게 좋을까, 아니면 가까운 가족만 초대할까? 잔치엔 뭘 제공해야 할까, 커피와 케이크면 될까, 아니면 뭔가 속이 든든한 것을 내놔야 할까?

나는 가까운 사람들에게 너무나 고마움을 느낀다. 장례식의 세부사항을 결정하는 일은 너무 냉정하고 기술적인 것이어서 나를 순간순간 짓눌렀기 때문이다. 장례식 잔치에 버터크림 케이크와 마블 케이크 혹은 치즈를 대접해야 한다고 내 입으로 말하고 싶지 않았다. 그런 상황에서 가까운 이들이 나를 대신하여 결정하고 케이크와 치즈 요리를 주문하고 백화점에서 산 검은색 정장을 나에게 입혀주었다. 이들은 마치 강한 언어나 가혹한 결정에서 내가 부서지기라도 할까 봐 두려운 듯이 매우 조심스럽고 부드럽게 나를 대했다.

그들이 옳았다. 나는 어디론가 숨고 싶었다. 그나마 내가 처한 환경과 해야 할 일이 내가 도망치도록 허락하지 않았다.

전화벨이 종일 울렸다. 가족들은 나의 상태를 알고 싶어 했다. 친구들도 나를 궁금해 했고 먼 지인들조차 나의 안부를 물었다. 나는 괴롭기는 하나 눈물이 날 만큼의 감정을 담고 있지는 않은 답변을 준비해야 했다. 물론 그래도 괴로움을 모두 극복할 수는 없었다.

교회에서의 장례식이 흘러갔다. 나는 나를 바라보는 눈빛을 느꼈고, 사람들이 나의 모든 반응을 지켜보고 있다는 것을 느꼈지만 목사님의 말에 집중할 수는 없었다. 나는 먼지 알갱이가 햇빛 속에서 떠돌아다니는 것을 보았다. 또한 제단 옆에 놓인 남편의 사진을 바라보았다. 여러 곳에서 온 화환들도 보았다. 나는 울리를 생각했다.

장례식 잔치에서 나는 손님 한 사람 한 사람과 몇 마디라도 이야기를 주고받기 위해 애를 썼다. 거의 고맙기까지 한 의무였다. 상상하기도 싫었던 시간들이 별안간 수월하게 지나가는 느낌이었다. 울리에 대한 사람들의 단편적인 이야기, 그의 자동차에 대한 사랑, 푸짐하게 식사를 하고 나서 언제나 냉동고 문을 열고 사람들에게 대접하곤 하던 아콰비트, 어떤 기계건 수리가 가능했던 그의 손재주……. 우리는 슬픔과 울리에 대한 기억으로 하나가 되었고 그것은 나에게 위로가 되었다.

장례식이 끝난 후 울리의 관은 화장터로 옮겨졌다. 남편은 화장을 원했었다. 남편을 위한 유골 항아리를 선택해야 할 때가 되자 마침내 무기력한 상태에서 벗어나야겠다는 생각이 들었다. 장례식장에 놓인 유골 항아리는 너무 보기가 흉했기 때문이다. 대리석이나 스테인리스로 만든 거대한 항아리인 데다 더 최악인 것은 항아리에 뚱뚱한 천사나 하트가 새겨져 있다는 것이었다. 이건 정말 말도 안 된다! 내가 다시 자리에서 일어나야 할 때였다. 그래야만 뚱뚱한 천사가 그려진 항아리에 내 남편이 영원히 담기는 일이 벌어지지 않을 것이었다.

이상하게 들리겠지만 추악한 항아리 디자인은 내게 다시 결정을 내릴 힘을 주었다. 나는 장의사에게 유골을 항아리에 넣는 것이 의무 사항인지 물어보았다. 그가 아니라고 하자 나는 꽃집에 들러 항아리에 들어갈 뻔한 울리의 유골을 넣은 작은 용기를 꽃으로 장식했다. 과꽃과 해바라기 꽃과 같은 생명이 가득한 것들로 그를 감쌌다.

나는 울리가 그걸 좋아했을 것이라고 믿는다.

나는 더 이상 그런 계획들이 필요 없다.

그동안 아무것도 하지 않기의 전문가가 된 데다가

텅 빈 날들을 하품하면서 지내는 것이 너무 멋지다는 것을

알게 되었기 때문이다. 규칙도 없고 의무도 없다. 마치 처음으로

독립해서 아파트를 얻은 대학생 같은 느낌이다.

하지만 이 날을 위해 나는 70년 이상을 기다려야 했다.

3

나의 행복, 너의 행복

자원봉사 활동의 가치

남편이 죽은 후 나는 상실을 안고 살아야 했다. 하지만 동시에 내 삶을 떠받치던 구조물이 무너져버렸다. 이제 아침에 일어날 이유가 없었다. 이제 더 이상 울리는 요양원에서 나를 기다리지 않았다. 더 이상 의사를 보러 갈 때나 병원에 갈 때 그와 동행해야 할 필요도 없었다. 그가 죽은 후 장례식에서 잠깐 부지런히 움직여야 했을 뿐이다. 그 다음에는 암흑이 찾아왔다. 엄청난 슬픔, 그리고 내가 아침에 일어날 이유를 제공했던 그 모든 것들에 대한 그리움.

가까운 이를 잃고 난 후에 그런 기분을 느끼는 사람이 많을 것이라 나는 믿는다. 누군가를 집중적으로 돌봐야만 하는 바쁜 단계에서 아무런 도움도, 계획도 없는 단계로 미끄러진 것이다. 사랑하는 사람의 죽음 후에 이제 새롭게 삶을 배워야만 한다. 이 과정은 미칠 듯이 느리게 진행된다. 처음에는 슬픔이 너무 강해서 일상의 소소한 행복은 더 이상 느낄 수가 없다. 커피를 마시는 즐거움조차 느끼고 싶지 않다. 좋은 책을 읽는 즐거움도 맛보고 싶지 않다. 그저 남편이 돌아오길 바랄 뿐이다.

암흑이 내 삶에서 아름다움을 모조리 앗아가는 것 같다. 하지만 그 느낌에 완전히 빠져들지 말고 천천히 한 발자국씩 암흑을 벗어나다 보면 언젠가는 보상을 받게 될 것이다. 언젠가는 암흑 속에 균열이 생기고 그 사이에 빛이 새어 들어올 것이다. 다행히도 내 주변에는 어둠을 같이 물리쳐주려는 작은 망치들이 많이 있었다. 내 가족과 친구들. 그리고 내 삶에서 소중한 인연으로 다가온 한 지인.

나는 이웃에 살던 그녀와 그저 인사만 하고 지내는 사이였다. 남편이 세상을 뜨고 나서 몇 주 후 그녀가 우리 집 초인종을 울렸다. 손에 케이크 조각이 담긴 접시를 든 그녀가 현관으로 들어왔고 나중에는 부엌 식탁의자에 앉았다. 그리고 내 삶에 가득 차 있던 검은 장막을 스르르 걷어내 준 한 가지 질문을 던졌다.

"혹시 공정무역 제품을 판매하는 가게에서 자원봉사 일을 할 생각이 있으신가요?"

슬픔 속에서도 '예스'라고 말하고 새롭게 삶에 참여하는 것이 쉬운 일은 아니었다. 어딘가로 숨는 대신에 새로운 일이 주는 여러 가지 감각을 다시 받아들인다는 것은……. 하지만 새로운 일은 내가 절박하게 그리워하던 내 삶의 한 부분을 되찾아주었다. 견고한 삶의 구조 말이다. 이제 어떤 요일의 오전에 가게에 나가야 하는지 나는 안다. 거기서 나는 의미 있는 일을 할 것이고 동료들은 기꺼이 내가 출근하기를 기다릴 것이다.

남편이 죽은 지 벌써 몇 년이 지났다. 그 동안 나는 외로운 순간을 더 잘 대처하는 법을 배웠다. 그것은 내가 자원봉사를 하면서 중단하지 않고 내 자신에게 할 일을 준 덕분에 이 모든 것이 가능했다고 확신한다.

나는 모든 사람들이 존재의 가장 아름다운 면을 보여줄 수 있는 노년기에 자신에게 맞는 일을 찾아보길 바란다. 그렇게 되면 당신이 축적한 경험과 지식을 나눌 수 있으며, 있으나 마나 한 존재가 아니라 존중받는 한 사람으로서 인정받을 수 있다. 자원봉사를 하는 방법은 여러 가지가 있다. 가령 보수를 기대하지 않고 자원봉사하기, 요양원의 외로운 노인들을 찾아가 도움을 주거나 이들과 시간을 같이 보내기, 혹은 조부모가 없거나 부모의 도움을 충분히 받지 못하는 아이들을 돌보아 주기, 동물보호소에서 자원봉사를 하거나 수리점에서 당신의 손재주를 발휘해보기…… 등. 나의 경우에는 공정무역 제품을 다루는 가게에서 나의 사교적 능력을 활용할 수 있었다.

힘든 시기를 보내고 있을 때 잘 알지도 못하는 나에게 삶의 풍요로운 이면을 보여준 이웃에게 내가 얼마나 감사한 마음을 가지고 있는지 모른다. 나는 가게에서 멋진 삶을 누리고 있는 새로운 친구들을 여럿 사귀게 되었는데, 이들과 이야기를 나누다 보면 근무 시간이 너무 짧다는 생각이 든다. 게다가 매장에 근무하면서 겪게 되는 손님들과의 아름다운 만남들은 나를 너무나 행복하게 만든다.

이제 내 시력은 점점 나빠지고 있으며 앞으로 얼마나 오랫동안 가게의 계산대를 지킬 수 있을지 모르겠다. 하지만 만약 그 일을 할 수 없게 되는 날이 온다면 나는 내게 행운을 가져다줄 다음 일을 찾아볼 것이다. 나는 집에서 홀로 묵묵히 앉아 최후를 기다리고 싶지 않다. 친구들을 사귀고 세상이 나에게 덤벼드는 듯한 이 짜릿한 모험을 매일 경험하고 싶다.

사랑스러운 괴벽

노년에 성격이 변할 수 있는지

나의 아침 식사는 항상 똑같다. 우리 집 주방에 앉아 있건 로마의 카페에 있건 상관없다. 블랙커피와 천연 요거트 그리고 알약들. 나는 담백하고 깔끔한 맛을 좋아한다. 갓 짜낸 신선한 오렌지 주스? 홈메이드 그래놀라? 따뜻한 크로와상? 나에겐 그런 화려한 아침 식사 메뉴는 필요하지 않다.

이런 간단한 아침 식사 습관 때문에 나를 위해 아침 식사용으로 뭔가 특별한 것을 선물한 나의 지인들은 기분이 나쁠 수 있다. 가령 특별한 고산 치즈를 사서 아침 식사 시간에 나를 방문한 친구들은 내가 고맙다는 말과 함께 치즈를 먹지 않는 것을 이해하지 못할 것이다. 하지만 아침 식사에 관한 한 나는 청교도에 가깝다. 이것만큼은 어떤 변화도 원하지 않는 것이다. 점심 시간이면 고산 치즈건 베트남 음식이건 이스라엘 음식이건 모두 환영이다.

나의 확고한 아침 식사 취향은 나에게 고착된 여러 별난 습관들 중 하나뿐이다. 나이가 들수록 내가 좋아하는 것과 싫어하는 것을 더 확실하게 고집하게 된다. 나 자신에 대해 그리고 내가 좋아하는 것에 대해 알 수 있는 기간이 그만큼 많았기 때문이다. 그 결과 남들이 뭐라고 생각하건 상관없이 나 자신의 목소리를 더욱 잘 듣게 되었다. 하지만 동시에 나에게도 점점 더 많은 괴벽이 생기고 있다.

최근에 나는 금요일 저녁에 친구들과 만났다. 그곳은 매우 시끄러운 레스토랑이었다. 나의 노화된 귀에는 어울리지 않는 곳이기도 했다. 대화 상대자의 말을 이해하려면 매번 앞으로 몸을 숙여야 했고 그럼에도 불구하고 상대가 무슨 말을 하는지 알아듣기 어려웠다. 반시간쯤 지나자 더 이상 참기 힘들었다. 저녁 시간을 내 나름대로 즐길 수 있는 방법을 찾아야 했다.

그래서 나는 사람들과의 대화를 포기하고 의자에 편안하게 몸을 기댄 채 맛있는 만두 조각을 입에 넣고 다른 손님들을 쳐다보며 레스토랑의 소란스러운 소음에 몸을 맡겼다. 그러자 문득 다시 편안함을 느꼈고 그토록 시끄럽고 윙윙거리는 실내가 안락하게 느껴졌다. 주변의 소리보다 더 큰 소리로 떠드는 것을 포기했기 때문에 얻은 평화였다. 물론 상체를 식탁 앞으로 기대어 다른 사람들의 말을 듣고 식당에서의 대화에 참여하는 것이 예의에 맞는 행동일 것이다. 하지만 나의 독특한 행동방식에 귀를 기울이고 그런 상황에서 나에게 기쁨을 줄 수 있는 방향을 선택할 수 있는 권리를 나는 노년에야 얻게 되었다.

예전의 나는 아주 달랐다. 융통성 있는 성격이었던 나는 모든 상황에 최대한 기꺼이 적응하고자 했다. 대화 테이블의 상대자가 수다쟁이라도, 그 사람이 영화 이야기를 30분 동안 쉬지 않고 한다 해도 나는 웃음을 지으면서 저녁 시간을 보낼 수 있었다. 이제 나는 상대방에게 더 이상 그런 독백을 참을 수 없으며 그 영화에도 별로 관심이 없다고 잘라 말할 수 있다. 아마 상대방은 나를 매너 없는 대화 상대라고 생각할 것이다. 하지만 그 사람이 나를 어떻게 생각하건 상관하지 않는다.

어느 순간 나만 그런 것이 아니라는 사실을 알아차리게 되었다. 예전에 검소하게 지내던 친구들이 이제 거의 인색한 모습을 보인다. 예전에는 그저 보수적이기만 했던 친구들이 갑자기 음모론을 믿기 시작한다. (그렇다, 나는 이런 음모론을 매우 싫어하며 심지어 상대방에게 분명히 말하기도 한다. 나는 음모론을 못 참는다.) 평소 건강과 웰빙에 대해 많이 얘기하던 사람들이 갑자기 질병에 대해서만 이야기한다. 그리고 평소에도 개방적이었던 사람들은 이제 자신들의 신체 기능에 대해 지나치게 일일이, 심지어는 배설물의 상태까지 이야기한다.

다행인 것은 성격이 좋은 사람에게도 비슷한 공식이 적용된다는 것이다. 이제는 세상에 없는 내 친구는 평소에도 낙천적인 사람이었지만, 나이가 들수록 삶에 대한 자신감과 사랑이 점점 커져갔다. 실제로 몸은 점점 쇠약해졌지만, 볼 때마다 그녀는 즐거운 환성으로 나를 맞이했고 새로운 계절과 음식에 대해 열변을 토했다.

삶에 대한 나의 욕망도 나이와 함께 성장한다. 나는 언제나 호기심이 넘치는 타입이었다. 이제 나는 될 수 있는 한 많은 도시와 세계를 보고 싶다. 또한 일상에서 더 많은 행복을 찾고 싶다. 산책을 할 때 바람이 내 주변을 감쌀 때, 드넓은 풍경이 내 앞에 펼쳐질 때, 나는 행복을 느낀다. 혹은 음악 연주회에 가서 위대한 음악가들이 오로지 나를 위해 연주하는 듯한 느낌에 빠져 웃음 지을 때 등. 당신이 일상의 삶에서 작은 행복을 느낄 수 있다면 나이가 들어도 행복에 취할 확률은 더 높아진다.

한 번쯤 바다를 건너

노년의 장거리 여행

나는 유별나게 밤에 들리는 소음을 잘 기억한다. 특히 콜롬비아의 작은 집에 있는 부드러운 침대 위에 누워 듣던 여러 가지 소리를 기억한다. 강물이 소용돌이치며 흐르는 소리와 때때로 원숭이 한 마리가 꽥꽥거리는 소리가 들려왔다. 곤충들이 내는 소리와 어디선가 들려오는 으르렁거림.

그러다 아침이 되어 새들의 휘파람 소리가 들리면 나는 이불을 옆으로 젖히고 일어났다. 해돋이를 놓치고 싶지 않아서였다. 바지를 입고 편한 점퍼를 걸친 다음 집 뒤에 우뚝 솟은 언덕으로 달려갔다. 그곳에서 나는 태양이 떠오르면서 산 아래의 골짜기로 빛이 서서히 번져가는 것을 지켜보았다.

솔직히 말하자면 몇 년 전, 그 여행을 시작하기 전 나는 상당히 겁에 질려 있었다. 남미까지의 장거리 여행이자 처음으로 대서양을 횡단하여 비행하는 여행이었다. 배낭을 멘 젊은 학생이 아니라 캐리어를 끌면서 하는 은퇴자의 여행.

내 손자가 콜롬비아에서 산 지는 거의 10년이 되었다. 그곳에서 호텔을 운영하고 있으므로 독일에는 아주 가끔씩만 왔다. 손자를 자주 못 보는 것이 나로서는 매우 괴로운 일이었다. 게다가 손자의 일상에 대해서 내가 상상할 수 있는 것이 거의 없다는 사실이 나를 힘들게 했다. 그 애가 자신의 호텔에서 강을 가로지르는 현수교를 짓고 있다는 얘기를 했을 때도 그의 삶이 소도시의 안전한 내 삶과 너무 멀리 떨어져 있어서 마치 영화 속의 이야기처럼 비현실적으로 들렸다.

가족 중의 몇 사람이 콜롬비아에 있는 손자를 방문하려는 계획을 세우는 것을 보고 나도 같이 가기로 했다. 굳이 할 일이 있어서도, 하고 싶어서도 아니었다. 가끔은 할머니가 되면 생각보다 용감해져야 할 때가 있다. 손주들의 삶과 단절되지 않기 위해서 자신의 한계를 넘어서야 할 때가 있다. 가령 손주들의 삶을 이해하려면 새로운 기술을 배우는 용기가 필요할 때도 있다. 혹은 나처럼 용기의 수위를 높여서 콜롬비아로 가는 여행 가방을 싸기도 한다.

손녀와 함께 로마로 여행을 했을 만큼 나는 모험을 사랑한다. 하지만 장거리 여행은 또 다른 이야기였다. 나는 이 비행이 유럽의 여러 나라를 여행하는 것보다는 육체적으로 훨씬 힘들 것이라는 각오를 하고 있었다. 또한 바뀐 기후와 고도가 내 혈액 순환에 타격을 줄 수 있다는 것도 염두에 두고 있었다. 내가 완전히 새로운 세상을 알게 될 것이라는 것도. 따라서 휴가를 떠나는 나의 기분은, 3분의 2는 두려움이었고 3분의 1은 믿을 수 없을 만큼의 기대감이었다. 결국 환상적인 조합이었다.

나는 부지런히 준비를 시작했다. 보조 스타킹을 사고 어마어마한 양의 응급약을 준비하고 심장과 혈액에 관련된 약들을 챙겼다. 그렇게 해서 나는 모험에 뛰어들었다.

이 여행 전까지만 해도 나는 뭐랄까, 살짝 소심한 여행가였다. 어린 시절 나의 첫 여행은 증기 기관차를 타고 슈바빙의 친척집까지 가는 기차 여행이었다. 기쁨에 들떠 창문을 내리고 머리를 밖으로 내밀었을 때 검은 그을음이 얼굴로 확 몰려왔던 기억이 아직도 생생하다. 그럼에도 불구하고 기차 여행이 얼마나 좋았던지 한동안 나의 꿈은 기차의 화장실 청소부가 되는 것이었다. 기차를 타고 하루 종일 독일 전역을 여행하는 건 얼마나 근사한 일이겠는가!

오랫동안 기차 여행은 나에겐 유일한 여행 방식이었다. 10대 때 아버지가 질트Sylt로 나를 데려가기 전까지는. 그때 처음으로 호텔이라는 곳에 묵었는데 마치 내가 엄청나게 중요한 사람이 된 것 같은 느낌이 들었다. 그 호텔은 휘황찬란한 금빛 장식이 많이 달린 아치형 지붕의 근사하고 화려한 호텔이었다. 아빠와 함께한 첫 여행에서 묵었던 호텔 이야기를 들은 내 손녀는 그곳이 웨스 앤더슨Wes Anderson(미국 영화 감독, 작가, 배우이다. 영화 〈그랜드 부다페스트 호텔〉을 감독했다) 영화에 나오는 호텔과 비슷할 것 같다고 말했다. 나는 무엇보다 그곳에서 제공되는 부드러운 수건과 아침 식사에 매료되었는데 특히 달걀 요리는 무척이나 인상적이었다.

그런데 휴가의 진정한 주인공은 바로 바다였다. 태어나서 바다를 처음으로 본 것이 그때였는데 바다를 보고 나서는 일주일 내내 바다만 바라보고 싶었다. 나는 담요를 뒤집어쓴 채 해변 의자에 앉아서 컵에 담긴 닭고기 수프를 홀짝홀짝 마시며 파도가 밀려왔다 사라지는 것을 한참 동안 바라보았다.

고등학교를 졸업할 때 부모님은 나에게 밝은색 여행용 가죽 가방을 선물로 주셨다. 부모님은 내가 얼마나 여행을 좋아하는지 알고 있었다. 나를 잘 이해해준 분들이었다. 고등학교 졸업 후 가장 먼저 한 일은 친구들과 이탈리아에 가는 것이었다. 우리는 작은 아파트를 빌려서 저녁에는 스파게티를 잔뜩 만들어 먹고 낮에는 해변으로 차를 몰았다. 그곳에서 우리는 선수용 수영복과 직접 만든 비키니를 입고 낚시를 하기도 했다. (당시에는 많은 여자들이 재봉틀을 다룰 줄 알았으므로 우리는 가게에서 파는, 온통 몸을 뒤덮는 수영복보다는 가능한 한 맨살을 많이 노출시키는 유행하는 스타일의 비키니를 만들어 입었다.)

그 휴가 기간 동안 나는 미래에 남편이 된 울리도 만났다. 곰곰이 생각해보면 그때 그와 사랑에 빠진 건 거의 기적에 가까운 일이었다. 울리는 휴가 중 효과적인 선탠을 위해서 그가 유일하게 구할 수 있었던 올리브 기름을 전신에 발랐는데, 그 덕분에 온몸에서 악취가 풍겼기 때문이다. 하지만 아시다시피 사랑은 그 모든 장애를 극복한다.

이후 결혼 생활에서도 우리의 휴가는 소박했다. 대부분의 경우 우리는 덴마크 해안에 사는 친구 집에 차를 타고 갔다. 아주 드물게 남편의 출장길에 동행하여 비행기를 타고 다른 유럽의 도시들을 방문하기도 했다. 당시는 비행기를 타는 일이 매우 드문 때였다. 남자들은 대부분 양복을 입고 여자들은 재클린 케네디처럼 옷을 차려입고 비행기를 탔다.

콜롬비아로 가는 비행기에서 나는 아무 신경도 쓰지 않고 그저 편안한 바지를 입었다. 어차피 지칠 대로 지쳐 있었으므로 배를 꽉 조이는 타이트한 바지에 몇 시간이고 시달리고 싶지 않았다. 하지만 패션의 관점에서 보더라도 나는 주변과 썩 잘 어울렸다. 공항에서나 비행기 안에서나 운동복 바지 차림의 사람들을 많이 볼 수 있었으니까. 매우 환영할 만한 변화였다. 편한 옷은 여행을 훨씬 더 즐겁게 만든다. 비행기 안에서 시간을 보낼 수 있는 방법도 많이 발전되어 있었다. 과거에는 담배를 피우거나 독서를 하는 것이 전부였다. 콜롬비아 행 비행기에서 나는 좌석 앞에 놓인 TV에서 보고 싶은 영화를 선택할 수 있었다.

콜롬비아는 어땠느냐고? 꿈만 같았다. 두려움을 극복한 보람이 차고 넘쳤다. 나는 내 손자가 얼마나 아름답게 살고 있는지를 안데스 산맥 기슭에 위치한 그의 소유지와 산등성이에 흩어져 있는 작은 오두막들을 바라보며 알 수 있었다. 또 거기서 나는 과일을 먹었는데 마치 생전 처음 과일을 먹는 듯한 기분이 들었다. 망고와 바나나, 맛있는 온갖 과일들…….
그리고 밤이면 사방에서 들려오는 멋진 소리들, 그리고 해돋이!

몇 년만 더 건강하게 살 수 있다면 나는 다시 콜롬비아로 날아가고 싶다. 세상을 여행하는 것이 얼마나 쉬워졌는지, 젊은이들이 부럽다. 나는 여행이 세상의 문을 여는 도구라고 믿는다. 우리는 마침내 세계의 시민이 될 수 있는 것이다. 앞으로도 타인을 대할 때 이런 개방적인 태도를 유지할 수 있었으면 좋겠다.

아주 오래된 생일잔치

높은 숫자의 생일

생일날의 최고의 순간은 오래가지 않는다. 기껏해야 5분이지만 나는 그래도 그 순간을 사랑한다. 생일날 눈을 뜨는 순간 나는 곧바로 일어나지는 않는다. 침대에 누워 그날 하루를 기대하며 잠시 시간을 보낸다. 누가 내 생각을 할까, 누가 생일이라고 방문해서 나를 안아줄까. 생일은 자기도취에 빠진 사람들이 그렇듯이 세상이 나를 중심으로 돌아가는 듯한 느낌을 선사한다.

나의 생일은 늦가을에 있다. 게다가 초등학교 저학년 아이들은 셀 수도 없을 만큼 많은 숫자가 생일 파티에 등장한다. 나이만큼 촛불을 켜려면 케이크를 가득 채워도 모자랄 정도이다.

사실 나는 이 나이에 생일 파티를 하는 것이 좀 터무니없는 일이라는 생각을 한다. 예로부터 생일은 아이를 위한 날이었기 때문이다. 많은 가족들의 관심과 예쁘게 포장된 선물, 그리고 달콤한 먹거리가 기다리고 있지 않은가? 용돈만으로는 그렇게 많은 게임기와 초콜릿을 살 수 없는 어린이들에게 생일은 최고의 날이다. 바로 그 때문에 그렇게 보고 싶지 않은 친척들도 생일날에 기꺼이 초대하는 것이다. 하지만 어쩌겠는가? 나는 비디오 게임과 초콜릿을 살 충분한 돈을 가지고 있다. 게다가 몇 년 후엔 더 이상 초대받을 수 없는 친척이 될지 모르는 몸인 것이다.

어릴 때 나는 요즘 아이들과 마찬가지의 이유로 생일날을 두 손 모아 기다렸다. 내가 태어난 해는 1939년인데 첫돌을 전쟁 중에 맞이해야 했다. 모든 것이 궁핍했다. 하지만 생일날만은 케이크가 있었다. 대부분은 요즘에는 만들지 않는 케이크였는데 건포도를 비롯하여 견과류를 잔뜩 넣은 파운드 케이크 종류였다. 당시 우리는 시골에서 살았는데 우리 집에는 여러 친척 아이들이 함께 살고 있었다. 폭격을 피해서 친척들이 아이들을 도시에서 안전한 시골로 보냈기 때문이다. 집안에 있는 아이들만으로도 생일 파티를 하고도 남을 정도였다.

나는 매년 생일 선물을 받았다. 한번은 내가 먹을 달걀을 낳아줄 암탉을 선물로 받기도 했다. 당시엔 사람들이 매우 현실적일 수밖에 없었던 시절이었다. 해가 지나면서 나는 좀 더 내 나이에 어울리는 선물을 받기 시작했다. 어머니는 인형이나 부드러운 인형을 선물로 주셨다.

하지만 내가 제일 좋아한 것은 어머니가 선물해준《곰돌이 푸》책이었다. 회색빛 종이에 인쇄된 책으로 매우 단단하게 제본된 책이었다. 당시만 해도 종이가 귀하던 때라 모든 인쇄물은 불량 재활용 종이를 사용한 것이었다. 그럼에도 불구하고 나는 푸의 이야기를 너무 사랑했다. 몇 년 후 어머니는 나에게 묻지도 않고 그 책을 다른 아이에게 선물로 내주셨다. 오래된 인쇄본을 찾기 위해 남편은 수년 간 고생을 했고, 그래서 오늘날에도 그 책은 내 책장에 꽂혀 있다.

그 책을 다시 훑어보노라면 그때가 얼마나 오래전 일인지 깨닫게 된다. 내가 얼마나 오래 살았는지도. 이렇게 나이가 들어서도 생일을 맞이한 어린애처럼 굴어도 되는 것일까? 아침에 침대에서 눈을 뜨는 순간 세상이 나를 중심으로 돌고 있는 것 같은 느낌을 즐겨도 될까?

나는 그래도 된다, 라고 마음을 정했다. 내 생일을 축하하고 싶다. 그것으로 내가 울고 웃고 사랑하고 껴안은 이 모든 삶의 순간들을 축하하기 때문이다. 게다가 나는 늙었고 늙은 이가 되면 좀 괴상한 행동을 하더라도 용서가 되니까 어떤 식으로 생일을 축하하든 그다지 걱정할 필요가 없을 것이다. 지금까지 나의 아이들을 위해 수많은 호화 생일 파티를 열어주었고 케이크에 수없이 많은 초를 꽂았으므로 이제 나는 단순한 생일 파티로 돌아가려 한다. 커다란 냄비에 수프를 끓이고, 식탁에는 케이크를 올려놓고 나와 함께 이 멋진 인생을 위해 건배를 할 사람이 누구인지 기다려보는 것이다.

먼지만 쌓이는 선물은 그만!

노인을 위한 선물

크리스마스 직전 손주들이 선물 가방을 나에게 건네줄 때 나는 웃음이 나오는 것을 참을 수가 없다. 안에 뭐가 들어 있는지 보기 위해 가방을 열어볼 필요도 없다. 어른이 다 된 손주들은 항상 나에게 와인이나 고급 샤워젤, 혹은 초콜릿을 선물로 준다. 그런데도 그것이 항상 나에게 큰 기쁨을 주는 것은 단순한 이유 때문이다.

나이가 들수록 무슨 선물을 해야 할지 물어보기가 어려워진다. 삶의 단계마다 원하는 것들이 달라지기 때문이다. 아이들은 스스로 해결할 수 없는 소망들이 많으므로 크리스마스나 생일 같은 행사가 필요하다. 컴퓨터 게임과 인형의 집, 커다란 레고 세트 등……. 청년이 된 내 손주들의 경우 굳이 사려면 살 수는 있지만 월말의 통장 잔고를 생각하면 구입을 자제해야 하는 물건들이 꽤 많을 것이다. 가령 친구들과 주말여행을 할 때 쓸 만한 좋은 배낭 같은 것들 말이다. 장년층은 더 어렵다. 이들에게는 자신들이 사기엔 양심의 가책을 느낄 수밖에 없는 값비싼 향수라든가 좋은 가죽 지갑 등의 선물이 어울린다.

반면 노년층은 선물을 준비하는 모든 이들에게 가장 큰 도전이다. 대부분의 경우 이들은 이미 자신들이 좋아하거나 필요한 모든 걸 갖추고 있기 때문이다. 내가 사는 아파트만 둘러보아도 아름다운 꽃병과 가구, 일상에 필요한 편리한 기구 등이 다 갖추어져 있기 때문이다. 내 옷장에는 거의 80년 간 살아오면서 모은 아끼는 옷들이 쌓여 있다. 그리고 이사를 위해 집안 살림을 절반이나 줄인 경험이 두 번이나 있었던 사람으로서 나는 물건들을 그렇게 쌓아두고 싶지 않다.

나는 젊은 세대가 조부모나 부모를 위한 상상력이 풍부한 선물을 찾는 것을 왜 그렇게 어려워하는지 그 이유를 잘 이해한다. 그 결과 나는 나의 아이들과는 불가침 조약을 맺기로 했다. 즉 단지 선물을 위한 선물을 서로가 주고받지 않기로 한 것이다. 손주들은 약간 다르다. 이들은 여전히 스마트폰이나 좋은 배낭을 사려면 약간의 크리스마스 보너스가 필요한 나이이기 때문이다. 또한 그에 대한 답례로 이들이 나에게 작은 선물을 주고 싶어 하는 마음도 이해한다.

다행히도 내 손주들은 내가 무슨 선물을 좋아하는지 잘 안다. 나의 작은 아파트에서 찾아볼 수 없는 수명이 짧은 물건들. 그러면서도 나에게 즐거움을 주는 것들. 그런 것들이면 나는 이미 행복하다. 쾌락주의에 건배하라! 다음은 이 두 가지를 충족시키는 불완전한 선물 리스트이다. 와인과 초콜릿, 좋은 살라미 소시지, 매운 고산 치즈, 꽃과 콘서트 티켓, 그리고 책.

고요한 밤

크리스마스이브는 나 혼자

크리스마스이브에는 와인 한 병을 딸 것이다. 그리고 와인 잔을 손에 든 채 소파에 앉아 책을 읽을 것이다. 저녁 8시가 조금 지나면 내 손주들이 전화를 해서 선물에 대한 감사 인사를 할 것이다. 그러면 나는 애들에게 "메리 크리스마스!"라고 말할 것이다. 그런 다음 일어나서 발코니 문을 열고 겨울의 찬바람이 아파트 안으로 쏟아져 들어오도록 할 것이다. 차가운 공기와 더불어 고요함이 아파트 안으로 흘러들어 올 것이다. 고요함이 이토록 깊고 또렷한 때가 크리스마스 저녁 말고 또 있을까. 어떤 발자국 소리도 들리지 않고 거리엔 아무도 보이지 않는다. 가족이 있다면 벌써 크리스마스 트리 앞에 앉아 있을 시간이나. 반면 가족이 없다면 아무것도 없이 덩그러니 앉아 있다. 고요한 밤, 거룩한 밤…….

크리스마스는 모든 행복한 이들을 위한 축제이다. 사랑을 기념하는 명절이다. 그것이 신에 대한 사랑이건 당신의 주위 사람들에 대한 사랑이건. 크리스마스는 행복해야 한다며 소리치는 명절이기도 하다. 당신의 삶에 잘못된 것이 있다면 그 결점이 어느 때보다 뚜렷하게 드러나는 때이기도 하다. 다른 때라면 스스로에게 모든 것이 괜찮다며 거짓말을 할 수도 있다. 하지만 크리스마스는 이 모든 보호 장치를 벗기고 오직 고통만 남겨둔다. 외롭거나 불행한 사람들은 크리스마스 전날 밤에는 더 깊은 늪 속으로 빠지게 된다.

울리는 6년 전에 세상을 떠났다. 말년에 너무나 격한 고통 속에 살아야 했으므로 어쩌면 그가 세상을 떠난 것이 더 나았을 거라는 생각이 든다. 하지만 그렇게 생각하는 건 솔직히 말해 크리스마스를 뺀 나머지 날들이다. 특히 크리스마스이브에는 그에 대한 그리움이 나를 엄습한다. 크리스마스이브는 내 삶이 완벽하게 달라졌다는 것을 일깨워주는 날 같다.

남편과 나는 크리스마스 명절을 너무나 좋아했다. 그와 만난 이후로 크리스마스는 항상 엄청난 축제였다. 결혼 초기에는 돈이 거의 없었다. 그래서 12월에는 멋진 크리스마스트리를 사기 위해 거의 매일 감자요리만 했다. 잎이 듬성듬성한 전나무가 아니라 초를 잔뜩 매달 수 있는 크고 무성한 크리스마스트리 말이다. 아이들이 잠들고 나면 나는 울리와 나만을 위해 두 번째로 초를 켜곤 했다. 거실에서 밀랍과 소나무 냄새가 났다. 우리는 소파에 나란히 앉아 어둠 속에서 촛불이 만들어내는 빛의 향연을 바라보았다. 바로 그 순간이 우리 결혼 생활에서 최고의 순간이었다. 서로 한마디를 나누지 않고서도 상대방이 어떤 기분인지 느낄 수 있었다.

나이가 들수록, 우리의 크리스마스트리는 더 크고 더 무성해졌다. 남편은 나를 위한 멋진 크리스마스트리를 찾으려 동분서주했다. 노년에는 그 일이 더욱 쉬워졌다. 우리가 새로 이사한 아파트 창문 밖으로는 크리스마스트리를 파는 광장이 보였기 때문이다. 나무 장수들이 트럭에서 첫 크리스마스트리를 내리는 걸 나와 남편은 창문을 통해 지켜보았다. 그리고 특별히 아름다운 나무가 보이면 남편은 재빨리 신발을 신고 밖으로 달려갔다.

그가 세상을 떠난 후 나에겐 더 이상 크리스마스트리가 필요없다. 예전에 사놓은 크리스마스 장식 중 제일 아끼는 걸 작은 소나무 가지에 몇 개 매달아 화병에 꽂아둘 뿐이다. 또한 남편이 세상을 떠난 후로는 크리스마스이브를 혼자 보내길 원했다.

나의 세 아이들이 모두 크리스마스이브에 나를 초대하고 싶어 하니 나는 운이 좋은 편이다. 그날 저녁에는 손주들이나 증손자들도 나를 보고 싶어 하는 걸 알고 있다. 하지만 나는 이들의 크리스마스를 망치고 싶지 않다. 크리스마스는 추억이 떠올라 나를 슬프게 하는 몇 안 되는 날 중의 하나이다. 나는 가족들에게 슬픔에 잠긴 내 모습을 보여주고 싶지 않다. 그들이 나를 위로해주길 바라지도 않는다. 무엇보다 나는 크리스마스에 슬픔을 억누르고 싶지 않다. 분위기를 망치지 않고 마음껏 울고 싶은 날이기 때문이다. 스스로의 감정을 허락하는 것은 내가 나 자신에게 줄 수 있는 가장 큰 선물이다. 비록 그것이 한순간의 슬픈 감정일지라도 그것은 내가 사랑하며 살아왔다는 것을 의미하기 때문이다.

크리스마스이브가 지나고 크리스마스 날이 되면 나는 다시 활기찬 삶으로 돌아가 내 아이들과 손주들과 증손자들을 껴안고 가족들과 구운 거위 요리를 먹고, 쿠키를 맛있게 먹을 것이다. 그렇지만 나는 크리스마스 시즌 내내 불행함을 뼈저리게 느끼며 이 시간이 곧 지나갈 것이라고 자신을 위로해야 하는 여러 사람들을 생각한다. 그들에겐 크리스마스 시즌의 하루하루가 마치 나의 크리스마스이브와도 같을 것이다.

멋진 결심

노년에 세우는 목표

섣달 그믐날의 숫자를 나는 더 이상 믿을 수 없다. 젊었을 때 아직까지도 내가 살아 있을 것이라는 얘기를 들었다면 나는 헛웃음을 치며 날아다니는 차로 휴가를 떠나는 상상을 했을 것이다. 그때는 2000년도 상상할 수 없이 먼 미래로 여겨졌었다. 그때가 벌써 20년 전이고 지금까지도 내 차고에는 날아다니는 차가 없다.

나이가 들수록 알게 되는 중요한 두 가지가 있다. 하나는 나이가 들수록 시간이 빨리 간다는 것이고, 다른 하나는 새해 전날에 점점 더 많은 새해 결심을 하게 된다는 것이다. 나는 친구들과 지인들이 새해 전날에 수없이 멋진 결심을 하고 나서 5분이 지나지 않아, 혹은 일주일이 채 되기 전 그 결심을 깨뜨리는 것을 수없이 보았다.

담배만 생각해봐도 그렇다. 예전에 나를 포함하여 대부분의 내 친구들은 담배를 피웠다. 흡연이 일종의 유행이었고 건강에 미치는 해악은 아직 알려지지 않은 때였다. TV에 등장하는 광고 속 아이들은 거실에서 느긋하게 담배를 즐기는 부모 품으로 달려들었다. 이후에 변화가 생기면서 흡연자들 사이에 흡연이 폐암이나 발기부전에 미치는 영향에 대한 인식이 커졌고 많은 사람들이 자연스럽게 금연을 시도했다. 하지만 12시가 지나면 얼큰하게 취한 이들은 슬그머니 담배를 입에 물었다.

나는 담배를 끊었지만 새해 전날에 끊기로 한 건 아니었다. 나는 외부적인 충격이 오랜 시간 동안 익숙해진 습관을 바꾸는 것에 별 도움이 되지 않는다는 생각이다. 특히 중독에 관해서는 더욱 그렇다. 본인 스스로가 원해야만 한다. 오랫동안 나는 담배를 피고 싶은 욕구를 스스로 즐기곤 했다. '사람에게 지팡이가 필요한 것이나 마찬가지지.' 다시 말해 나에게 흡연이란 적당히 부드럽고 편하게 즐길 수 없다면 언제든 버릴 수 있는 나쁜 습관이었던 것이다. 살면서 어느 정도는 해악도 필요하지 않을까?

20년 전, 담배를 계속 피우면 눈병이 더 빨리 악화될 것이라고 안과 의사가 진단한 이후로 나는 집으로 돌아가자마자 담뱃갑을 쓰레기통에 버렸다. 고작 담배를 피우기 위해 장님이 될 수는 없었다. 그 순간 내가 절실히 원했던 것은 바로 금연이었다. 물론 금단증세는 너무나, 매우 괴로웠지만.

그렇게 빨리 결심을 깨면서도 어째서 우리는 새해 전날 온갖 굳은 결심을 하는 것일까? 내 경우로 설명을 하자면 나는 자주 내가 한 행동이 맘에 들지 않는다. 우리 모두 자기 자신과 가장 많은 시간을 보내면서 자신이 저지른 마음에 들지 않는 행동에 대해 후회를 한다.

내 머릿속에는 〈태어날 때부터의 실수〉라는 작은 도서관이 하나 있다. 그 방안에는 내가 끊임없이 반복해서 보는 '기억'이라는 영화가 있다. 가장 안 좋은 기억은 남편을 돌보면서 너무나 인내심이 부족했던 것이었다. 나는 생각으로 나 자신을 괴롭힌다. 한번은 바쁘게 쇼핑을 가야 해서 남편의 휠체어를 밀었는데 남편이 밀지 말라며 발을 바닥으로 내려서 휠체어를 멈추려 했다. 나는 그 순간 폭발했고 울면서 남편에게 소리쳤다. 이젠 더 이상 참을 수가 없고, 앞으로 어떻게 해야 할지 모르겠으며, 이 모든 게 정말 감당할 수 없는 지경이라고. 몇 달 동안 남편을 돌보느라 힘들었던 상황이 나를 짓눌렀고 남편도 더 이상 예전의 울리가 아니었다는 걸 알지만, 이 기억은 두고두고 나에게 너무나 쓰고 아프다. 보통 나쁜 기억을 담아둔 나의 도서관에는 사람들과 다툰 기억들이 담겨 있다. 나에게 소중했던 사람들에게 큰소리를 냈던 순간들.

살면서 내가 더 이상 원하지 않는 것이 있다면 그것은 싸움이다. 분노가 쌓이는 것이 좋지 않다는 것을 나는 잘 알고 있다. 하지만 살면서 겪은 그 모든 불화를 생각해보면 결과적으로 가치 있는 싸움은 하나도 없었다. 많은 경우에 나는 도대체 왜 싸웠는지도 기억하지 못하지만 그 결과로 내가 얼마나 힘들었는지는 잘 기억한다. 그것만 봐도 잘 알 수 있지 않은가.

나는 내가 다시는 큰소리를 내지 않겠다는 결심이 매우 비현실적일 것이라는 것을 잘 안다. 그건 마치 단번에 담배를 끊고, 15킬로를 감량하고, 일주일에 다섯 번 운동을 하겠다는 결심만큼이나 실패할 가능성이 큰 운명인 것이다. 나는 충동적인 성향인 데다 분노를 안에 담아두는 건 전혀 도움이 되지 않는다고 생각하는 사람이다.

하지만 싸우지 않겠다는 결심을 실행하기가 너무나 어려우므로 목표를 달성할 수 있는 구체적인 방법을 생각해보기로 했다. 그리고 어느 정도는 해결책을 찾고 싶다. 일단 나는 갈등 상대와 대면을 피하지 않고서 내 생각을 이야기하고 상대도 나에게 솔직한 이야기를 해주길 원한다. 또한 문제를 해결하지 않고 자리를 뜨지 않기를 바란다. 그 정도는 실현 가능한 목표가 아닐까. 다음번에 문제가 발생하면 불같이 화를 내기보다는 침착하게 얘기해보자. 분노가 식을 때까지 얘기하다 보면 당신이 상처받고 충동적으로 행동한 진정한 이유가 드러날 것이다.

내가 이 미션에 성공하기를 바란다. 나는 내 친구 중 누구와도 아직 해결되지 않은 갈등을 품은 채 살고 싶지 않다. 유감스럽게도 이 소원은 내 나이와도 매우 밀접하게 연결되어 있다. 내가 갑자기 죽으면 어쩌지? 마지막에 내게 한 말을 후회하는 사람이 있다는 건 얼마나 부질없는 일인가. 그건 나도 마찬가지이다. 나는 후회 없이 이 세상을 떠나고 싶다.

나는 이번 새해 전날은 느긋하게 보낼 것이다. 보통 새해 전날 저녁에 나는 옷을 차려입는 편인데 번쩍거리는 요란한 드레스보다는 옆이 길게 트인 짙은 청색 드레스 차림을 선호해왔다. 올해는 운동복 바지를 입을 것이다. 그리고는 TV로 〈디너 포 원Dinner for One〉*을 볼 것이다. 이 영화는 그 자체로 새해 전야의 단골 메뉴가 되었다. 1963년에 처음 상영된 이 영화를 나는 매년 보는데 집사가 꽃병에 담긴 술을 마실 때마다 나는 웃음을 터뜨리지 않을 수 없다. 교회 종소리가 울리고 폭죽이 터지면 나는 남독일의 '달라이 라마(?)'로 살아갈 내 미래를 한껏 기대해본다. 이 한 가지 결심을 나는 깨지 않을 것이다. 사랑. 나는 그것을 너무나 원하고 그것의 위태로움을 잘 안다. 그 안에 내 모든 행복이 담겨 있다는 것도.

• 1963년 최초로 방영된 이 18분짜리 TV 프로그램은 오랜 세월 시청자들로부터 큰 사랑을 받아왔고, 세계적으로 방영횟수가 가장 높은 프로그램 중 하나이다. 북독일방송사NDR는 1972년 이 프로그램을 편성표에 다시 포함시켰고, 이후 매년 12월 31일에 방영하고 있다. 독일의 다른 공영 방송사들에게 있어서도 〈디너 포 원〉은 12월 31일 편성표에서 결코 빠뜨릴 수 없는 프로그램이다. 독일인들은 12월 31일, 이른 저녁부터 친구나 가족들과 함께 TV를 시청하며 집사 제임스의 우스꽝스러운 말과 행동에 폭소를 터뜨린다.

클릭하고 문을 연 다음 가져가세요!

온라인 쇼핑의 기회

술병을 보고 나는 내 눈을 의심했다. 그건 내가 휴가 때 맛보았던 바로 그 럼주였다. 콜롬비아에 있는 손자를 방문했을 때 저녁에 마셨던 럼주 말이다. 얼음을 넣어서 마셨는데 얼마나 맛이 부드러웠던지 마치 디저트를 마시는 기분이었다. 그런데 느닷없이 그 럼주가 독일에 있는 내 손에 들려 있는 것이다.

"인터넷에서 찾았어요. 할머니가 좋아하실 것 같아서요."

손녀의 대답이었다. 인터넷이라, 그럼 그렇지. 나도 요즘에는 실용적인 검색 엔진을 많이 이용하게 되었다. 그것은 내가 묻는 모든 질문에 대한 답을 준다. 게다가 찾고자 하는 모든 상품을 거기서 발견할 수 있다. 최고의 밤을 선사한 콜롬비아 산 술까지 말이나.

그 후로 손녀는 나에게 온라인 쇼핑을 할 수 있는 여러 사이트를 보여주었다. 그렇다면 손녀의 도움을 받아서 소파 침대 밑에 들어갈 수 있는, 이불 보관용 상자를 주문할 수 있을까? 손녀는 나와 함께 상자의 치수를 입력하고 원하는 상자를 고른 다음, 마지막 주문 단계에 내 주소나 지불 방식 등을 입력하는 방법을 가르쳐주었다.

주문 즉시 언제 주문한 상자를 받을 수 있는지 이메일이 도착했다. 나는 큰 감명을 받았다. 지난 몇 주 동안 나는 상자를 어떻게 구해야 할지 고민해왔던 것이다. 가장 쉬운 방법은 직접 가구점에 가는 것이었다. 하지만 나는 조그만 마을에 살고 있고 더 이상 운전을 할 수 없으므로 버스로 큰 상자를 운반하는 것은 상상할 수도 없는 일이었다. 물론 가족 중의 누군가에게 나를 가구점까지 데려다 달라고 부탁할 수도 있었다. 또 가족 모두가 나를 돕고 싶어 한다는 것도 알고 있었다. 하지만 나는 도움을 청하기보다는 스스로 과제를 해결하기를 좋아한다. 내 삶의 자기 결정권을 놓치고 싶지 않고 내 스스로 삶을 정리하는 것을 즐기기 때문이다.

이런 점에서, 온라인 쇼핑은 나처럼 나이 든 사람들에게 이상적이다. 일단 당신이 필요로 하는 것을 정확히 선택할 수 있다. 게다가 택배를 받는 것도 또 다른 장점이 있다. 하루 종일 집에서 지내기 때문에 소포 배달에 실패했다는 노란색 메모를 퇴근 후 정문에서 받지 않아도 되는 것이다. 그러므로 온라인 쇼핑은 활동이 용이하지 않은 노인들에게 좋은 방법이다. 의약품에서부터 신선한 식품에 이르기까지 모든 것을 온라인으로 주문할 수 있다. 단지 기술적인 방법을 터득하기만 하면 된다. 내 경우 혼자서 그 모든 과정을 처리하기 위해 손녀에게서 두세 시간의 과외를 받아야만 했다.

하지만 온라인 쇼핑은 또한 큰 단점을 가지고 있다. 도심과 동네 상권을 초토화시키기 때문이다. 다양한 상품을 구비하고 있던 백화점은 점점 줄어들고 있다. 내가 필요로 하는 물건들이 실제로 있는 것이 확실한 가게가 매년 눈에 띄게 줄어들고 있는 것이다. 시내로 한번 외출하는 것도 어려운 나로서는 내가 필요로 하는 전구를 확실하게 구할 수 있는 가게가 필요하다. 그런데 그런 가게들이 점점 사라지고 있다. 사람들이 점점 온라인에서 모든 물건을 구매하거나 전문 상점을 찾기 때문이다. 점점 더 많은 사람들이 온라인으로 주문하고 지역 상점에 더 이상 가지 않는다면, 차가 없는 사람들이 걸어갈 수 있는 거리에서 물건을 살 수 있는 가능성도 점점 더 줄어든다. 게다가 나는 도시에서 살지 않는다. 슈퍼마켓도 없는 시골 동네에서 노인인 내가 무엇을 할 수 있겠는가.

사실 살아오면서 내 인생에서 맞이한 여러 변화들 중 쇼핑과 관련한 변화들은 매우 즐거운 것이었다. 과거에는 식료품점에서 사고 싶은 물건이 있으면 직원에게 얘기를 해서 건네받아야 했다. 듣기에는 멋진 경험처럼 여겨질 수 있지만 뭔가 감시와 통제를 받는 느낌이었다. 치즈를 하나 더 고르면 내가 너무 과소비를 하는 것처럼 보이려나? 와인 한 병을 더 사는 건? 오늘날 나는 쇼핑 카트를 끌고 슈퍼마켓을 지나면서 치즈를 원하는 대로 고를 수 있는 익명성을 즐기고 있다.

그러므로 나는 앞으로도 온라인 쇼핑이 슈퍼마켓을 공격하지 않기를 바란다. 내가 걸을 수 있는 한 나는 우리 지역의 상점들을 지원할 것이다. 동네 서점의 친절한 주인에게 사고 싶은 책을 얘기해서 며칠 후에 받을 것이다. 좋아하는 치즈를 사서 집으로 올 것이다. 쇼핑을 빌미로 외출하는 것도 즐거운 일이다. 쇼핑을 가는 건 운동복 바지를 갈아입고 집을 나설 좋은 핑곗거리가 되어준다. 시내의 쇼핑센터에서 내가 찾는 전구를 찾지 못해 기운이 빠진다면 소소한 위로를 구하기 위해 저녁에 좋은 럼주를 한 모금 마시며 휴식을 취하면 된다. 그리고 내년 크리스마스에 럼주 한 병을 선물 받기를 소망해보는 것이다.

그 옛날 우리의 섹스

은밀한 교육과 피임이라는 어려운 문제

얼마 전 나는 약국의 계산대 앞에 서 있었다. 내 앞에 선 젊은 여자가 콘돔을 꺼내 계산대 앞에 놓았다. 계산원이 콘돔을 집어 스캐너를 갖다댄 다음 돌려주자 아가씨는 콘돔을 재빨리 주머니에 넣거나 하지 않고 돈을 지불한 다음 계산원에게 작별 인사를 했다. 마치 껌 한 통을 산 것처럼 말이다. 나는 그 모습을 보며 기쁜 마음이 들었다. 그 장면은 달라진 세상을 나에게 새삼 환기시켜 주었기 때문이다.

오늘날에는 젊은 여성이 성생활을 즐기는 것도 매우 자연스럽게 받아들여진다. 멋지지 않은가. 사실 그렇게 하는 것이 맞다. 나의 젊은 시절은 많이 달랐다. 무엇보다 나는 남자와 여자 사이에 일어날 수 있는 일에 대해 아는 것이 거의 없었다. 부모님은 엄격한 가톨릭 신자였고 나에게 성교육을 해주실 생각은 눈꼽만큼도 없었다. 그게 뭔지를 아는 사람은 시도라도 할 수 있겠지만 나를 둘러싼 세상은 섹스와는 완벽하게 상관없는 곳이었다. 젊은 시절 즐겨 보았던 영화에서 빗속의 로맨틱한 키스 이상의 무언가가 암시되기는 했다.

섹스는 내가 접근할 수 없는 세상이었다. 10대 시절, 의사였던 부모님 몰래 의학 교과서에 나와 있는 기본적인 과정들에 대한 약간의 지식을 수집하기 전까지는. 그것은 매우 기술적인 지식일 뿐 그 이상은 없었다.

학교에 다니던 시절 우리는 공식적으로 남자 친구를 사귈 수 없었다. 그래서 우리는 모두 비밀스럽게 이성교제를 하곤 했다. 남자아이가 학교 종이 울리면 나를 데리러 오고 우리는 기차역까지 같이 걷곤 했다. 15분 동안 함께 걷는 것이 다였다. 큰 길에서 조금 벗어난 사잇길도 있어서 내가 좋아했던 남자아이들 중 대담한 타입은 잠깐 내 손을 잡거나 입술에 뽀뽀를 하기도 했다. 그 짧은 순간에도 우리는 조마조마하면서 심장이 떨렸다. 부모님의 지인이 우리를 보기라도 한다면 그걸로 끝장이었다.

물론 그 당시 나는 나에게도 욕망이 있다는 것을 깨달았다. 하지만 성적 욕망에 관한 모든 것은 수치심과 연결되어 있었다. 누구에게도 그것에 관해 얘기할 수 없었다. 어머니의 친구가 집을 방문했을 때 두 분이 앉아 속삭이듯 얘기를 나누는 동안 거실을 지나가며 몇 마디를 엿들은 것이 전부였다. 가령 X씨와 Y씨는 뒷골목의 무허가 의사를 찾아가 낙태 수술을 받았는데 결과가 좋지 않아 앞으로는 더 이상 아이를 가질 수가 없게 되었다는 얘기. 그건 결혼한 여자가 불륜에 대해 지불해야 마땅할 대가였다.

그 후 이탈리아에서 휴가를 보내는 동안 나는 미래의 남편인 울리를 만났다. 뮌헨으로 돌아가서 우리는 저녁에 만나기로 약속을 했다. 그는 혼자 나를 찾아올 수 없었다. 우리 집 주인은 밤늦게 남자가 찾아오는 걸 허락하지 않았지만 남편의 집주인은 가끔씩 그가 나를 초대하여 작은 방에서 음식을 해 주는 걸 허락하곤 했다. 맛있는 파스타와 레드와인, 울리……. 그런 저녁 중 하나였을 것이다. 나는 임신을 했다.

물론 우리는 '질외 사정'이란 방식으로 피임을 하려고 했다. 하지만 그것이 정말로 좋은 피임 방식이 아니라는 사실은 분명했다. 하지만 다른 방법이 없었다. 당시에는 경구 피임약이 시중에 없을 때였다. 콘돔은 살 수 있었지만 요즘처럼 쉽고 자연스럽게 살 수 있는 것이 아니었다. 약국에 가서 하얀 약사가운을 입은 사람들에게 심판을 받는 듯한 과정을 견뎌야 했다. 울리도 나도 결혼반지를 끼지 않았으며 그마저도 의심의 여지가 있을 경우 별로 도움이 되지 않았다. 만약 섹스를 하고 싶다면, 기꺼이 아이를 가질 각오를 해야만 했다. 그 당시 대중들의 인식이 그랬다. 그리고 울리와 나는 섹스와 관련된 모든 것이 수치스럽게 여겨지는 세상에서 성장했다.

배가 나오기 시작하자 나는 연극 학교를 떠났다. 나는 아직도 반 친구들과 선생님들의 경멸스러운 표정을 잊을 수가 없다.

지금도 나는 그때 내가 임신을 했다는 사실이 뿌듯하다. 그렇지 않으면 나의 큰 딸도 없을 것이고 내 인생에서 최고의 행복도 맛보지 못했을 것이다. 다만 얼마 전에 약국에서 본 젊은 여자처럼 자유롭게 즐길 수 없었던 나의 과거 환경이 아쉬울 뿐이다.

우리 시대의 행복 신화

나이 든 세대의 사랑의 비밀

우리 시대에 대한 신화 중 나를 불편하게 만드는 요소가 있다. 오랜 세월에 걸쳐 관계를 지속해왔으므로 사랑에 대해 더 잘 이해하고 있을 것이라는 믿음이다. 신문에서 금혼식이나 은혼식 혹은 황혼식과 같은 기사에는 "그런데 두 분의 오랜 사랑의 비결은 무엇인가요?"와 같은 질문이 빠지지 않고 등장한다. 이런 현상은 그저 감정만으로는 설명하기 어렵다.

우리 세대라고 해서 행복한 관계의 비결을 더 잘 아는 것이 아니기 때문이다. 그보다는 낭만적인 사랑이 두 사람의 관계에서 그다지 커다란 역할을 하지 못하는 경우가 많기 때문일 수 있다. 결혼한 두 사람의 관계는 당신을 아침부터 미소

짓게 하는 엄청난 행복을 가져다주는 묘약이 아니라, 어찌 보면 하나의 동맹이다. 또한 부부 관계가 하루하루 암울함 속에서 지속되더라도 별거를 선택할 수 없는 상황도 많다.

당시에는 부부가 이혼하는 것이 사회적으로 불법이었다. 부부 관계에서 여성은 순종적이고도 인내하는 태도를 지녀야 했다. 남편이 바람을 피웠다 할지라도 주변에서는 여성의 잘못을 들추어내며 "그 사람의 아내는 그를 마음 편하게 해주기는커녕 쉴 새 없이 바가지를 긁으며 남편을 괴롭혔대요"라는 식으로 말하곤 했다. "그러니 그 양반이 마음 둘 데를 찾아 눈을 돌리지." 요즘 사람들이라면 이런 말에 기겁을 할 것이다.

사회적 압박과는 별도로, 이혼이나 별거가 불가능했던 다른 이유가 있었는데 그건 바로 여성이 남성에게 경제적으로 의존하고 있었다는 사실이다. 여성이 아무리 주부로서 부지런히 일을 하더라도 우리는 돈을 벌 수가 없었다. 이런 상황에서 이혼을 하려면 매우 용감해져야 했다. 남편과 헤어진 여자들은 종종 달리 방법이 없어서 아이들을 데리고 친정으로 돌아가곤 했다. 물론 양육비를 받을 수는 있었지만 그 전에 이혼 절차를 마쳐야 했다. 1970년대까지만 해도 이혼 담당 판사들은 소위 말하는 유책 사유에 대한 질의를 하곤 했다. 즉 결혼 실패의 책임이 누구에게 있는지를 정하는 것이다.

우리 어머니가 아버지와 그토록 늦게 이혼한 이유도 책임원칙에 있었다. 어머니는 책임원칙이 폐지되기를 기다렸다. 아버지는 심지어 바람 핀 상대와 우리와 한집 안에서 살기까지 했지만, 어머니는 전쟁 중에 있었던 잠깐의 불륜으로 인해 자신이 두 사람의 관계 파탄에 원인 제공을 했다는 비난을 받는 것을 두려워했다.

어려운 상황에 처한 여성들을 도울 만한 여성 쉼터 같은 시설도 없었다. 결국 이 모든 것을 보면, 오늘날의 기준에서 볼 때 당시의 여성들은 그리 행복하지 않은 관계를 묵묵히 견뎌야 하는 경우가 많았다는 걸 알 수 있다. 단지 육체적 폭력뿐만 아니라 배우자에게 가해지는 온갖 정신적 폭력도 감내해야 할 경우가 많았다. 상처와 모욕, 온갖 무시를 참아야 했다.

결혼 생활의 크고 작은 불행을 보고 들으면서 자란 나로서는 결혼에 그다지 열성적일 이유가 없었다. 하지만 내가 임신을 하자 울리와 나의 의견은 더 이상 중요하지 않았다. 우리 가족은 결혼식을 준비하면서 나에게 말했다.

"네가 저지른 일이니 네가 수습해야겠지?"

울리와 나는 당시 서로를 매우 좋아했다. 그럼에도 불구하고 내가 처음부터 그와 행복한 미래를 함께 하리라고 결심한 것은 아니었다. 우리는 서로에 대해 거의 알지 못했다. 몇 번 저녁을 함께 보낸 후에 (물론 아주 좋았다.) 우리는 갑작스레 커플이 되어 미래를 같이 계획하기로 한 것이다. 그야말로 어쩔 수 없이 서로 얽히게 된 것이다. 나는 우리의 결혼을 미화시키고 싶은 생각이 없다.

당시를 돌이켜보면 내가 울리를 얼마나 사랑할지, 우리 둘 다 얼마나 행복할지 상상할 수 없었다. 그저 우리의 인연은 정말로 우연의 일치였다고 말하고 싶다. 물론 우리는 처음에 사랑에 빠지긴 했지만 진정으로 가까워진 것은 일상생활을 함께 하면서부터였다. 울리는 항상 무조건적으로 나의 편이 되어서 나와 함께 있어주었고 말이 아닌 행동으로 나를 행복하게 해주려 했다. 내게 그건 대단한 행운으로 여겨졌다. 만약 울리가 그렇게 좋은 배우자가 아니었다면 내 삶은 얼마나 끔찍했을까!

어쩌면 우리 세대의 관계에 대해 긍정적으로 이야기해야 할 것은 그것뿐일 것이다: 우리는 상대방과 깊은 관계를 맺어야 했다. 그렇다고 해서 나는 우리 세대가 다른 세대보다 더 행복한 관계를 유지해왔으며 사랑의 특별한 비결을 가지고 있다고는 생각하지 않는다.

지금이 훨씬 낫다. 이혼 후 빈곤의 위협은 여전히 문제지만 근본적으로 달라진 부분이 있다. 이제 애정도 없는 부부가 대안 없이 그저 붙어사는 일은 없다. 남녀 모두 훨씬 더 자신을 소중하게 여기고 독신으로 살면서 열정적인 삶을 추구할 수 있다. 또한 다른 사람과 사랑에 빠질 수도 있다. 울리와 나처럼 좋은 관계라면 오래 같이 지낼 수도 있다. 아니라면 다시 헤어지면 된다.

사랑은 삶을 훨씬 더 아름답게 만들 수 있다. 그러나 사랑은 의존과는 다른 것이다.

자동차 키를 넘기며

노년기의 운전

마지막으로 차를 지하 차고에서 몰고 나온다. 자동변속장치를 주차 모드로 바꾼 다음 시동을 끄고 사물함을 연다. 자동차 관련 서류를 제외하고는 깨끗이 비어 있다. 나머지는 이미 밖으로 모두 꺼내놓았다. 심지어 2유로짜리 동전이나 내가 목이 아플 때마다 입에 넣던 사탕까지도. 나는 문을 열고 밖으로 나가 차 옆에 서 있는 여자에게 열쇠를 건넨다.

나의 충실한 폭스바겐 골프. 이제부터 저 젊은 여성이 테니스 약속과 사업 모임, 그리고 등산을 갈 때마다 그녀를 데려다 주겠지. 그리고 나는 다시는 운전대 앞에 앉지는 못할 것이다.

진즉에 차를 팔았어야 했다. 나는 언제나 얌전하게 운전하는 타입이었고 주차도 잘했으며 구불구불한 산길도 잘만 다녔다. 하지만 시력이 갈수록 나빠지고 있었다. 지난 수개월 동안 나는 굳이 도로표지를 읽을 필요가 없는 잘 아는 길만 운전했다. 하지만 나는 운전석에 앉을 수 있는 시간을 끝내야 한다는 것을 알고 있었다. 내 자신이 위험해진 것이다.

그래도 차를 파는 것은 나로서는 힘든 결정이었다. 노인이 되면서 나는 끊임없이 나의 한계를 맞이해야 한다. 내가 더 이상 많은 물건을 운반할 수 없다는 사실, 그리고 더 이상 예전처럼 잘 들을 수 없다는 사실, 아침에 신문을 거의 읽을 수 없게 되었다는 사실을 인지해야 했다. 나에게 자동차는 독립과 자기 결정의 마지막 상징과도 같았다. 언제든 원하기만 하면 차를 몰고 나가 쇼핑을 하거나, 도시를 벗어나 보리밭 사이로 난 길을 달려 자그마한 마을에 도착해서 주차를 한 뒤 산책을 하곤 했었다.

내 주변에는 노년에 들어 운전을 포기한 사람이 아무도 없다. 자존심과 원숙함 그리고 자기 결정이라는 요소에 막대한 지장을 주기 때문이다. 내 주변의 많은 지인들은 이를 인정하지 않으려 하고 심지어 운전사로서의 오랜 경험 때문에 자기는 사고를 낼 일이 없다며 농담을 하기도 한다. 나는 그것이야말로 무책임한 태도라고 생각한다.

노인들이 길을 비켜주어야 한다. 이는 불확실한 상황에서 무례하게 대처하는 성격 급한 운전자를 비롯한 나쁜 운전자들에게도 해당된다. 정치권은 노후에 운전면허 시험을 의무적으로 통과해야 하는지의 문제에 대해 논의해왔다. 좋은 생각이다. 그렇지만 그건 모든 연령대에 해당되어야 할 것이다. 모든 운전자들이 규칙적으로 운전기술과 적합성을 확인받는다면 도로가 훨씬 차분하고 안전해질 것이라 생각한다. 시골길을 운전하다 보면 급브레이크나 액셀을 미친 듯이 밟거나 중앙선을 제대로 지키지 않는 사람들이 얼마나 많은가.

나는 이제 지하 차고 내 전용 주차 공간도 포기하기로 했다. 자율 주행차 개발이 이렇게 느리게 진행되고 있다니 나로서는 참 안타까운 일이다. 나로서는 최고의 해결책이 될 수 있었을 텐데……. 차를 타고 가고 싶은 곳을 말하면 저절로 어디든 갈 수 있다면 얼마나 좋을까. 풍광이 아름다운 산이나 맛있는 소시지를 먹을 수 있는 레스토랑, 장작 화덕에서 구운 빵을 만드는 농가 베이커리, 그리고 소소한 자유…….

젊은이들이여, 어서 서둘러 만들어보시게나!

뭐라고 하셨죠?

노년기의 청력

귀가 잘 들리지 않는 상황이 많아지고 있다는 사실을 나는 알고 있다. 그런데도 그 순간이 오면 흠칫 놀라곤 한다. 손주들이 거실에 앉아 수다를 떨고 있었다. 뒤에서는 시계가 똑딱거리는 소리만이 들려왔다. 그런데도 이들의 목소리가 너무 빠르고 둔하고 두리뭉실하게 지나간다는 느낌이 들었다. 그 현상이 너무 심해서 애들의 이야기를 알아들으려면 몹시 애를 써야 했다. 분명 이들의 말을 알아듣기 힘들어하는 사람은 나 혼자인 것 같았다. 다른 손주들은 서로 소통하는 데 전혀 문제가 없어 보였다. 쌩쌩했던 내 과거의 귀가 그리웠다.

지난 몇 년 동안 나의 청력은 점점 심하게 나빠졌다. 이는 노화의 과정이기도 했다. 이 문제가 나에게 닥쳐온 것을 처음으로 알아차리게 된 때는 가족이나 친구들과 외식을 하는 동안이었다. 시끄러운 레스토랑 안에서 이들의 말을 알아듣기가 점점 힘들어졌다. 두꺼운 잡음 덩어리에서 개별적인 목소리를 걸러내는 일이 쉽지 않았다. 또 누군가 동시에 얘기를 하기라도 하면 뒤에서 떠드는 사람이 없다 할지라도 무슨 말인지 알아들을 수가 없었다.

최근 들어서는 전화의 상대방에게도 좀 더 크게 말해 달라고 부탁하고 싶은 경우가 많아졌다. 물론 이건 노화와 관련된 문제이므로 정상적인 과정이기도 하다. TV를 볼 때도 내가 확실하게 알아들을 수 있는 소리는 뉴스 앵커의 말뿐이다. 범죄 드라마를 보더라도 배경음악이 울려 나오거나 자동차 소음이나 총성이 들리면 등장인물들이 나누는 대화를 하나도 알아들을 수가 없다. 그럴 때는 이웃을 괴롭히지 않기 위해 헤드폰을 쓰고 TV 볼륨을 올리는 수밖에 없다.

실제 생활에서조차 때로 나는 빈약한 청력을 가리기 위해 속임수를 써야 한다. 가령 시끄러운 슈퍼마켓에서 친구를 만나서 그의 얘기를 들을 때 나는 상대방이 마치 나에게 듣기 좋은 말이라도 하는 것처럼 연한 미소를 짓는다. 그렇다고 너무 크게 미소를 지으면 안 된다. 상대방이 기르던 고양이가 죽었다는 소식을 전하기라도 하는 것이면 얼마나 민망하겠는가. 상대방의 이야기를 신중히 듣는 것처럼 나는 이따금 고개를 살짝 끄덕인다. 그리고 "흠, 음, 그렇지요"라는 말을 몇 번이고 한다. 이럴 때 상대방이 나에게 분명한 대답이 요구되는 질문을 하지 않기를 바랄 뿐이다.

사실 나로선 매우 불편한 일이다. 이 상황에서 단 한 가지 고마운 게 있다면 사람들이 나에게 그다지 질문을 하지 않는다는 것이다. 사람들은 혼자 끊임없이 얘기하더라도 들어줄 사람이 있다는 사실에 만족하는 경우가 상당히 많다.

나는 나의 꼼수와 얼버무림이 청력에 문제가 없는 사람들에게는 우스꽝스럽게 들릴 수 있을 거라 생각한다. 하지만 문제는 대안이 무엇이냐는 것이다. 상대방의 말을 알아듣지 못하겠다고 말하기는 쉽지 않다. 마치 상대방에게 그 책임이 있는 것처럼 느껴질 수 있기 때문이다. 그건 시력하고는 다르다. 눈의 문제라면 "죄송하네요. 요즘 눈이 침침해서 사람들을 거의 알아보지 못하거든요"라고 솔직하게 말할 수 있다. 하지만 잘 안 들린다고 말하면 상대방은 자신이 너무 작은 목소리나 불분명한 목소리로 얘기한 건 아닌지 자책할 수 있다. 그래서 나는 가능하다면 그 얘기를 하지 않으려 한다. 불가피한 경우라면 나는 "조금 크게 얘기해주시겠어요? 제가 좀 안 들리거든요"라고 양해를 구한다. 그러면 상대방은 자신이 아니라 나에게 문제가 있다는 것을 이해하게 된다.

대화 중 상대방이 나에게 질문을 할 때도 그저 웃음만 지으며 쳐다보고 있는 나의 모습을 상대방이 괴이하게 느끼지 않기를 바라는 이런 상황이 더 이상 참을 수 없다. 보행자 구역에서 친구들과 만나더라도 이들의 말을 좀처럼 이해할 수 없다는 사실도 마찬가지로 힘들다. 내 청력이 좋지 않다는 것을 가족들은 이해하기 때문에 이들 앞에서만 나는 좀 더 큰소리로 또박또박 얘기해달라고 편하게 말할 수 있다. 반면 돌이킬 수 없는 망막의 결함과 연결되는 눈의 문제와는 달리 청력 감퇴의 경우 나는 문제를 적극적으로 파악하여 해결할 수 있다. 즉 나에게는 보청기가 필요하다. 그게 전부이다.

조만간 이비인후과를 찾아가야겠다. 의사는 내 귀를 검진할 것이고 나는 몇 군데의 상점을 방문해야 할 것이다. 요즘에는 보청기도 충전용 배터리를 사용할 수 있다고 들었다. 잘 된 일이다! 짧은 머리칼로 인해 내 귀에서 반짝이는 형광색의 보청기가 보이는 것이 불편하므로 다른 색의 보청기이면 좋겠지만 그렇다 할지라도 어쩔 수 없다. 이 정도의 허영심은 떨쳐버려야 할 부분이다. 곧 부드럽고 세밀한 소리를 들을 수 있다는 건 얼마나 아름다운 일인가.

나의 선택

연명 치료 거부 의향서의 중요성

나와 친했던 여자 친구가 죽었다. 수영장에서 만난 친구였다. 몇 주 전까지 내 옆에서 수영을 하던 친구였다. 하지만 이제 그건 아무런 의미가 없다. 나이가 들면 모든 게 빨리 변한다. 지나치게 빠르게 흘러간다. 물론 어떤 사람에겐 느리게 진행되기도 한다.

장례식장에서 나는 친구의 딸을 꼭 껴안고 오래 서 있었다. 우리는 몇 주 동안 자주 만남을 가졌다. 딸은 내 친구를 죽게 내버려두어도 될지 결정을 해야 했다. 나의 친구는 환자로서 더 이상 연명 치료를 바라지 않는다는 의향서를 진즉에 작성했다. 내 친구는 삶을 사랑했다. 하지만 생명으로서 가치가 있는 시간이 다하면 세상을 떠나기를 바랬다.

그런데도 딸은 어머니의 소원에 따라 치료를 중단하는 걸 힘겨워했다. 이런 상황에 처한 그녀를 보면서 다시 한번 모든 사람들이 사전 서약을 하는 것이 얼마나 중요한지를 깨닫게 되었다.

의학적 비상사태가 일어나면 가족들의 세상은 무너진다. 그 순간에도 침착하게 행동하고 결정을 내릴 수 있다고 생각하는 사람도 있을 것이다. 하지만 병들고 늙은 어머니가 병원 침대에 누워 있고 몹시 상태가 좋지 않을 때는 누구든지 냉정한 판단을 내리기가 어렵다는 것을 말하고 싶다. 사랑하는 사람들에게 그런 상황에서 결정을 내려야 하는 짐을 지우고 싶지 않다는 것이 내가 생각하는 사랑의 의미이다. 환자의 연명치료 거부 의향서를 적절한 시기에 미리 작성함으로써 무엇을 원하고, 원하지 않는지를 구체적으로 명시해두는 것이 좋을 것이다.

남편과 나는 그가 죽기 전부터 이 문제를 일찍이 내다보았다. 우리는 두 사람 모두 비슷한 관점을 가지고 있었다. 우리 둘 다 상대의 도움을 지나치게 필요로 한다고 판단이 될 때는 세상을 떠나기를 원했다. 불행히도 남편의 알츠하이머는 예상과는 달랐고 그는 원하는 것처럼 빨리 떠날 수가 없었다. 세상에 작별을 하기까지는 거의 십 수년이 걸렸던 것이다. 하지만 여전히 나는 언젠가 내가 스르르 넘어져 세상을 떠날 수 있기를 바란다. 혹시라도 병원에 실려 간다면 다섯 대의 기계에 연결된 채로 깨어나고 싶지는 않다.

인생은 아름답지만 그것에 집착하게 되면 그 마법이 사라져버린다. 이건 내 결정이다. 나는 내 아이들이 나를 위한 결정을 하지 않기를 바란다.

미소 짓는 주부

과거에 지배적이었던 여성의 이미지

나는 별로 흔하지 않은 취향을 가지고 있다고 생각한다. 나는 텔레비전 광고를 좋아한다. 언뜻 보면 그저 커피와 약 광고에 지나지 않을 수 있다. 하지만 넓게 보면 광고는 당대의 사회상을 그대로 보여준다. 가족과 일하는 여성 그리고 심각하게 여성을 상품화시키는 사회를 들여다볼 수 있다. 아마도 내가 광고에 이끌리는 것은 수십 년간 시청자로서 살면서 그것을 통해 과거와 현재와의 차이를 극명하게 볼 수 있기 때문인 것 같다.

내가 젊은 엄마였던 시절, 광고의 메시지는 지금과는 너무나 달랐다. 곱슬머리를 한 여성들이 허리가 잘록한 드레스 위에 앞치마를 두르고 직장에서 스트레스받고 돌아온 남편을 향해 웃음을 짓는 광고가 대부분이었다. 일요일 아침이면 남편에게 맛있는 커피를 가져다주는 아내, 남편의 취향에 꼭 맞는 담배를 사고 셔츠에 묻은 음식 얼룩을 말끔히 지우는 아내.

대부분의 광고는 쇼핑을 주로 가는 여성들을 타깃 대상으로 한 것이었다. 그건 여성들이 그만큼 할 말이 많았기 때문이 아니다. 다만 광고들은 시대정신을 반영했다. 즉 '부엌Küche'과 '어린이Kinder', '교회Kirche', 이 세 가지 K는 여성에게 속한 영역이었다. 경박한 여자가 되지 말고 훌륭한 기독교인이 되어라, 자신의 역할을 통해 절대적인 성취감을 느끼고 빵을 바삭바삭하게 잘 굽는 엄마가 되어야 한다, 남편이 바람을 피우거나 더 나은 아내를 찾는 생각을 하지 않도록 가능한 한 최선을 다하라, 만약 남편이 그렇게 한다 해도 그건 네가 잘못한 탓이다…….

자녀 교육서에는 가장이 서운하지 않도록 어떻게 하면 아이들이 아버지 앞에 최대한 웃는 얼굴을 짓게 할 것인지가 설명되어 있었다. 남편이 집으로 돌아왔을 때 최고는 황금색 리트리버가 먼저 달려오고, 그 뒤를 웃는 얼굴로 두 아이가 달려와 아빠의 품에 안기고, 마지막으로 부엌에서 나온 아내가 완벽하게 매니큐어를 칠한 손에 국자를 들고 남편을 맞이하는 것이었다.

세상에, 끔찍한 그림이었다. 여성들은 사회에서 자신의 자리가 너무나 좁다고 느꼈을 뿐 아니라 자신들이 사회가 요구하는 역할을 거의 만족시킬 수 없다는 자괴감에 시달려야 했다. 친구들 중 많은 커플이 헤어진 것은 이들의 가정 현실이 이상적인 그림과 일치하지 않았기 때문이었다.

나의 남편 울리와 나는 이상적인 그림에 별로 집착하지 않았다. 그럼에도 불구하고 우리가 오늘처럼 대등한 남녀 관계를 유지한 것은 아니었다. 그것은 당시에는 가족 계획이 불가능했기 때문이기도 하다. 나는 곧 임신을 했고 그 후엔 연극학교를 중퇴해야만 했다. 나중에 교사가 되기 위해 공부를 시작했지만 또 다시 임신을 했다. 그 후 거의 30대 중반에 3명의 자녀를 낳고 보니 다시 직업 전선으로 나가기에는 너무 늦었다는 생각이 들었다. 내 또래의 다른 여성들은 벌써 15년 가까이 일을 해왔기 때문에 나에게는 모든 기회가 사라진 것처럼 보였다.

그리하여 나는 전업주부가 되었다. 분명 광고와는 달랐다. 하지만 돈을 버는 사람은 울리뿐이었으므로 우리 관계에는 일종의 불균형이 존재했다. 그리고 확실하게 느끼지는 못했지만 나는 내가 울리에게 의존하고 있다는 것을 알고 있었다.

나는 자신의 일을 잘 해내고 있는 내 딸들과 손녀들이 너무나 자랑스럽다. 하지만 그들이 진정으로 나의 손자들과 같은 기회를 가질 때까지는 여전히 쟁취해야 할 것이 많다고 느낀다. 오늘날에도 젊은 세대의 여성들은 엄마가 되고 나면 과거에 비해 훨씬 간접적이긴 해도 고용주나 다른 부모들, 때로 자신의 배우자로부터 많은 역할을 해야 한다는 기대를 받는다. 그렇다고 독일이라는 나라가 부모들이 훨씬 편하게 선택할 수 있도록 더 나은 탁아소나 유치원, 어린이집을 공급할 수 없어서 그런 것도 아니다.

향수라는 필터

과거를 미화하는 것의 위험성

어린 시절을 생각하면 피부에 햇볕이 내리쬐던 그 느낌이 살아난다. 보리밭을 가로질러 이웃 친구들에게로 달려갈 때 보리 줄기가 내 다리를 쓰다듬던 그 느낌. 이웃집 정원의 배나무에서 배를 따서 나무 등걸에 기대어 먹던 배 맛도 기억이 난다.

어린 시절에는 비가 더 많이 내렸던 것 같다. 억지로 생각을 계속하다 보면 불쾌했던 기억들도 다 살아난다. 추위를 뚫고 스쿨버스를 향해 터벅터벅 걸어가던 기억, 기숙학교에서의 시간, 또는 나에게 상처를 준 아버지의 꾸짖음들. 하지만 어린 시절을 잠깐 생각할 때면 황금빛 여름 오후의 그림이 먼저 떠오른다.

물론 즐거운 여름날들도 분명 있었다. 하지만 우리의 두뇌가 좋았던 순간들에 더 집중한다는 것을 알 필요가 있다. 깊이 생각하지 않으면 게으르고 괴로웠던 순간들, 지루한 기억들은 쉽게 지워진다. 좋은 기억들을 제외한 모든 다른 기억들은 머리 뒤편에 웅크리고 있다. 그리고 이것은 작가 파울 바츨라빅Paul Watzlawick이 그의 저서 《불행의 추구》에서 요약한 '과거의 미화'라는 현상으로 이어진다. 이것은 가능한 좋은 것과 아름다운 것만을 통과시키는 필터이다.

나는 이 표현이 매우 적절하다고 생각한다. 나는 이 같은 향수 필터가 많은 나이 든 이들을 불행하게 만든다고 확신한다. 우리의 두뇌가 무엇을 할지 몰라 방황하던 암울한 오후들은 제쳐놓고 오로지 강렬하고 아름다웠던 순간들만 기억하며 과거를 미화한다면 우리의 현재는 그것과 비교해볼 때 매우 불행할 수밖에 없다.

심지어는 젊은 사람들도 그런 경우가 있다. 이미 끝나버린 관계를 이상화시키고 새로운 배우자에게는 기회를 주지 않는다면 말이다. 이른 아침에 지하철을 타고 회사로 출근하면서 학창 시절과 그 시절의 자유를 그리워하는 것도 마찬가지이다.

노인이 과거의 향수에 빠지기는 훨씬 쉽다. 대체로는 실제로 몇십 년 전의 삶이 훨씬 더 아름다웠기 때문이다. 나도 몇 년 전까지는 남편과 행복했다. 그가 더 이상 이 세상에 없고 우리가 더 이상 삶을 공유하지 않는다는 사실은 너무 슬퍼서 굳이 향수의 필터를 붙일 필요도 없다. 아니면 늙어서 고통받는 사람들을 생각해보라. 아침에 괴로움 속에서 눈을 뜨지 않고 침대에서 벌떡 일어날 수 있었던 몇십 년 전 청춘의 시절을 미화하는 것은 당연하다.

손녀와 이야기를 나눌 때, 나는 그리 아름답지 않은 모든 것까지 기억하려 한다. 그것이 향수라는 필터에 걸리지 않는 가장 믿을 만한 방법이다. 과거와 비교해볼 때, 우리 사회의 많은 것들이 향상되었다는 것을 잘 알고 있기 때문이다. 내 인생도 마찬가지이다. 나이가 들어서 견뎌야 하는 것 중 나쁜 것이라고는 남편 울리가 없다는 슬픔뿐이다. 이 상처를 제외하고는 나의 노년은 나를 행복하게 하는 아름다운 순간으로 가득 차 있다. 나는 이제 더 이상의 의무에 매달릴 필요도 없이 내 취향대로 하루를 보낼 수 있다. 나는 침대에서 아침을 먹고, 책을 읽고 낮잠을 잘 수 있다.

어린 시절의 황금빛 여름 오후라는 향수 속으로 빠져들기 시작하면 나는 그걸 알아차리고 손녀에게 전화를 해서 이야기를 나눈다. 아니면 코트를 입고 공원으로 달려간다. 과거에서 배울 수 있는 것이 있다면 바로 이것이다. 치열하게 살았던 순간들은 소중하다. 그것이야말로 당신이 가진 가장 소중한 것이다.

그러므로 나는 새롭게 행복의 순간들을 만들어내겠다, 지금 현재.

하지만 만약 그 일을 할 수 없게 되는 날이 온다면

나는 내게 행운을 가져다줄 다음 일을 찾아볼 것이다.

나는 집에서 홀로 묵묵히 앉아 최후를 기다리고 싶지 않다.

친구들을 사귀고 세상이 나에게 덤벼드는 듯한

이 짜릿한 모험을 매일 경험하고 싶다.

4

‘감자 튀김’ 관계는 원치 않아!

노년에 맞이하는 낯선 썸

나는 펠릭스를 평생 알고 지냈다. 우리는 같은 마을에서 자랐고 함께 테니스를 쳤다. 그는 또한 거의 매일 우리 집 앞을 서성거렸는데 가끔은 빈약한 핑계를 대고 집 안으로 찾아오기도 했다. 가령 나에게 책을 빌린다거나 자신이 읽었던 에세이에 대해 아버지와 대화를 나눈다거나……. 당시에 그가 나를 좋아하고 있다는 직감이 들긴 했다. 게다가 그는 테니스를 잘 치기도 했다. 하지만 그 이상은 아니었다.

펠릭스는 사실 다른 이름을 가지고 있지만, 남편이 죽은 후 나의 처음이자 유일한 구애자이므로 가명으로 부르기로 하겠다. 사실 그의 접근 방식은 그다지 우아하지 않았다. 펠릭스는 수년 동안 계속 나에게 연락을 해왔다. 결혼을 한 후에도 마찬가지였다. 그는 우리 집을 찾아와 며칠 동안 우리 집에 머물기도 했다. 나도 어린 시절 친구를 다시 보게 되어 기뻤다. 하지만 언젠가 저녁을 먹고 울리가 화장실에 가고 없을 때 냅킨을 입에 대고 나에게 "저 남자와 결혼하다니, 넌 실수한 거야"라고 그가 말하지 않았으면 더 좋았을 것이다.

그나저나 펠릭스가 실제로 뭔가를 시도한 것은 불과 몇 년 전이다. 정확하게는 나의 남편이 알츠하이머에 걸렸다는 소문이 도시에 퍼졌을 때였다. 펠릭스는 언제나 신선한 꽃을 손에 들고 우리 집 현관 앞에 서 있었는데, 때로는 내가 좋아할 만한 책의 초판을 손에 들고 있기도 했다. 남편이 죽은 지 몇 주 후에 한 집배원이 커다란 갈색 상자를 들고 우리 집 계단을 올라왔다. 나는 리본을 끊고 상자를 열었다. 포장이 잘된 선물이 상자에 들어있었다. 무거운 걸로 봐서 책이 틀림없었다. 나는 선물을 열어보고 싶지 않았다. 나는 박스를 다시 닫아 테이프를 붙이고 다시 우체국으로 상자를 가지고 갔다. 그 결과 마음속의 분노에다 허리 통증까지 덤으로 얻었다.

내 분노를 이해하려면 펠릭스가 여자 친구가 있다는 사실을 밝히는 것이 좋겠다. 하지만 그 사실에 대해 그는 나에게 일언반구도 하지 않았다. 나는 펠릭스 같은 타입의 남자를 잘 안다. 그들은 내가 '감자 튀김'이라고 부르는 편리한 관계를 추구하는 사람이다. 그들은 자신을 돌봐줄 여성을 원한다. 감자 튀김 관계 속에서 주로 여자들은 다음과 같은 말을 한다.

"여기 다림질한 속옷이 있어요."

"신문에서 크로스워드 퍼즐을 오려서 소파 탁자 위에 올려두었어요."

"오늘도 스튜에 베이컨을 넣는 게 좋을까요?"

내가 느끼기에 남자들이 나이가 들고 안락한 삶에 익숙할수록 평등한 관계보다는 감자 튀김 사랑을 추구할 가능성이 높다는 것이다. 이것은 우리 세대의 남자들이 여전히 가정 일에 관해서는 전통적인 역할에 익숙하다는 사실과 관련이 있다. 하지만 요즘처럼 양성 평등에 대한 논의가 많이 이루어지는 세상에 그것은 변명이 될 수 없다고 본다. 늙은 남자들도 평등의 개념은 안다. 단지 안락하고 편리한 은퇴 생활을 누리기를 원할 뿐이다. 그렇지만 누군들 그렇지 않겠는가.

펠릭스는 소포를 돌려받은 후 아마 자신이 생각한 것처럼 내가 그리 편한 상대가 아니라는 걸 눈치챈 것 같았다. 다시는 나에게 전화하지 않았으니까. 다행이다!

콘서트에 같이 갈 남자를 찾고 있어요

다시 새로운 관계를 맺고 싶은지에 대해

노년의 큰 장점은 마침내 신문을 앞뒤로 완전하게 읽을 수 있는 충분한 시간을 갖게 된다는 것이다. 아침 식사 때 치즈 빵과 커피 사이에서 헤드라인만 대충 훑어보고 저녁에 소파에 앉아 몇몇 사설을 읽어 내려가는 일상은 이제 더 이상 없다. 이제 어느 면을 선택하더라도 시간은 충분하다. 벼룩시장 광고나 배우자를 찾는 광고 등 나를 매료시키는 것들을 느긋하게 훑어볼 수 있는 시간이 있는 것이다.

배우자를 찾는 광고는 대개 30세에서 50세 사이의 사람들을 목표로 한다. 물론 이해한다. 그 연령대는 보통 첫 번째 결혼에서 실패하고 두 번째 상대를 찾는 시기이기 때문이다. 그 이후에는 연령층이 매우 얇아진다.

내 나이 그룹에는 몇 년 동안 배우자를 찾는 광고가 하나밖에 없었고 그것도 항상 광고란의 끝부분에 올라 있었다. "76세의 남자에 운동을 좋아하며 비흡연자임." 그가 '기댈 어깨가 되어줌'과 같은 느끼한 표현이나 비슷하게 구차한 표현을 사용하지 않았기 때문에 나는 그에게 호감을 느꼈다. 그에게 연락을 하고 싶게 하는 몇 마디의 암호, 바로 그것이었다. 그러나 나는 기회를 놓치고 말았다. 그가 몇 달 동안이나 광고를 게재하지 않았기 때문이다. 그가 광고를 그만둔 까닭이 관에 들어갔기 때문이 아니라 위대한 사랑을 찾았기 때문이길 바란다.

새로운 파트너를 원하는지에 대한 물음이 자주 내 머릿속에서 맴돈다. 남편은 몇 년 전에 죽었고 그 전에도 알츠하이머병으로 인해 자신을 상실한 지 오래였다. 그러다 보니 수년 동안 나는 홀로 삶에 맞서는 심정을 느껴야 했다. 혼자라는 것은 독자적인 리듬에 맞추어 삶을 살아간다는 장점은 있지만 어떤 때는 나만의 짝이 그립기도 하다.

하지만 내가 확실히 말할 수 있는 것은 나는 신문의 TV 프로그램을 샅샅이 훑어보는 남자, 혹은 내가 돌봐주어야 하는 남자는 원하지 않는다는 것이다. 심술궂은 노인도 사절한다. 나와 함께 멋진 순간을 나눌 수 있고 긍정적인 의미에서 내가 살아 있음을 느끼게 하는 남자. 저녁에 나를 픽업하여 함께 연주회장에 갈 수 있는 남자. 독서를 좋아하며 새로운 작가를 나에게 소개해줄 수 있는 남자. 과거에 머물러 있지 않는 대화 상대자이자 아침을 먹으면서 썩어빠진 정치인들을 같이 욕할 수 있는 남자.

그런 남자를 만나기란 쉽지 않을 것이다. 나의 여자 친구들을 보면 잘 알 수 있다. 몇몇은 노년기에도 새로운 관계를 시도하기도 했다. 하지만 불행히도 새로 만나는 남자들은 고압적인 타입들이 대부분이었다.

특히 최근에 죽은 내 여자 친구 한 사람에겐 자신을 클래식한 신사로 착각하고 있는 듯한 남자 친구가 있었다. 하지만 나는 그 영감이 정중한 태도라는 가면을 쓰고 한꺼번에 수많은 여자들에게 구애하는 바람둥이 타입이라는 것을 알아보았다.

노인들은 잎이 다 떨어진 겨울의 나무와 같다. 나무 등걸이 어떤 모양으로 형성되었는지를 한눈에 알 수 있기 때문이다. 젊었을 때는 유쾌한 매너와 재미있는 취미 생활 등으로 상당 기간 자신의 본질을 숨길 수 있다. 하지만 노년기에는 자신의 성격이 그대로 드러나고 괴팍한 습관이 증가한다. 예전처럼 쉽게 새로운 상황에 적응하기도 어렵고 그걸 더 이상 원하지도 않게 된다.

나도 마찬가지이다. 따라서 여기서 나에 대한 솔직한 소개를 하고자 한다. 나 W는 수영에 미쳐 있으며 블랙커피를 좋아하며, 아침에 일어나 15분 정도는 침묵을 지키며 오페라와 유쾌한 대화를 좋아하고 자신만의 생각이 있으며 한 잔의 와인과 치즈 한 조각을 마다하지 않는 남자를 찾고 있다. 물론 이런 남자를 찾는 데는 시간이 좀 걸릴 것이다. 불가능할 수도 있지만 그래도 괜찮다. 설익은 요리를 먹기엔 나는 너무 늙었으니까.

자식들에게 물려주고 싶은 것

나의 상속 정보

나의 할아버지는 시계점을 하셨다. 내가 아직 젊었을 때 할아버지는 돌아가셨다. 그의 장례식은 거의 기억나지 않지만 다른 장면은 보다 생생하게 기억이 난다. 친척 몇 명이 돌아가신 할아버지의 아파트에 모였다. 그리고 할아버지의 전 재산을 샅샅이 뒤져서 모았다. 누가 이 주머니 시계를 가질 것인가? 이 목걸이는 누구에게?

할아버지가 가게에 남겨둔 것은 그리 값비싼 보석은 아니었다. 그러나 마치 월말에 식솔을 먹일 배급품을 가져가기 위해 달려든 사람들 마냥 모두들 탐욕과 질투로 가득 차서 실랑이를 벌이는 것을 보았다. 나는 창가에 가만히 서서 그 장면을 보고 아연실색했다.

유산은 가족에게 최악의 분쟁의 원인이 될 수 있다. 나는 가까이 지내던 형제자매들이 부당하게 배분된 유산 문제로 인해 서로 인연을 끊고 지낸다는 이야기를 여러 번 들었다. 또는 부모님의 집을 팔고 나누는 방법에 합의가 되지 않아서 법정까지 가는 경우도 많이 보았다. 나의 죽음으로 가족이 파괴되고 나의 아이들이 갑자기 탐욕스러운 마음을 갖게 된다는 건 생각만으로 끔찍하다.

나는 이런 심리를 이해할 수 없다. 어째서 사람들은 자신이 유산을 많이 상속받을 권리가 있다고 생각할까? 아무리 가족이라 해도 거기서 나오는 돈을 함부로 사용해도 되는 벌이 수단으로 삼아서는 안 된다.

아버지도 나와 같은 태도를 가지고 계셨다. 병원장이었던 아버지는 매우 많은 수입을 벌어들였지만 항상 나의 형제들과 나에게 말씀하셨다.

“내가 너희들에게 뭔가를 남길 거라고 생각하지 말아라.”

나는 아버지를 이해했다. 아버지는 전쟁을 겪었고 삶에 굶주려 계셨다. (어쨌든 아버지는 나중에 적은 유산이나마 우리에게 조금씩 남기셨다. 기대하지 않은 선물이었다. 감사해요, 아버지!)

반면에 나는 저축한 돈을 너무 많이 쓰지 않으려고 노력한다. 남은 아이들에게 어느 정도 돈을 물려주어 약간의 안정감을 선물하고 싶기 때문이다. 우리 아이들이 내 돈을 받는 것을 당연하게 여기지 않고 오히려 내가 돈을 쓰기를 부추기기 때문에 그런 마음이 드는 것이다.

나도 노후의 자신에게 어느 정도 대접을 해주고 싶다. 살면서 대부분의 경우 나는 많은 것을 참아야만 했다. 돈도 늘 모자랐다. 남편과 결혼했을 때 그는 한 달에 600마르크를 벌었는데 그 돈으로 뮌헨의 하이데하우젠에 있는 작은 아파트 임대료와 자동차 그리고 어린 딸을 위한 여러 가지를 구입하는 데 써야만 했다. 나중에 남편은 좀 더 많은 돈을 벌었지만 새 집을 지으면서 빚을 많이 졌다.

그러다 보니 일생 동안 수없이 많은 우엉 요리를 먹어야만 했다. 하지만 이제 늙어서까지 억지로 먹고 싶지는 않다. 이젠 시장에 나온 신선한 아티초크(국화과 식물. 엉겅퀴 꽃같이 생긴 꽃봉오리의 속대를 식용함)를 사다 먹고 싶다.

남은 돈은 자식끼리 나누어 가져도 될 것이다. 나는 살면서 어느 정도 미리 시험을 해보았다. 아이들이 이사할 때마다 아주 신중하게 내 집에 있는 가구 중 하나씩을 고르게 한 것이다. 나는 아이들에게 각기 다른 색깔의 작은 스티커를 주었다. 내 아파트를 뒤져서 갖고 싶은 가구가 있으면, 가령 협탁이나 안락의자, 찬장 등에 스티커를 붙여놓으면 된다. 만약 두 아이가 모두 같은 가구를 원한다면 서로 조정해서 결정하면 된다.

할아버지의 시계점에 얽힌 사연과는 아주 대조적이라고 자신할 수 있다. 우리 아이들은 서로를 매우 소중하게 배려한다. 그건 그렇고, 이제 다 성장하여 어른이 된 아이들을 보며 잘 키웠다는 생각이 볼 때마다 드는 것 또한 노년의 긍정적인 측면이다.

그 외에도 내가 죽고 나면 아이들이 놀랄 일이 한 가지 있다는 점은 나를 은근히 즐겁게 한다. 아이들은 내가 슈바빙에 땅이 있다는 사실을 모른다. 시계점 외에도 할아버지는 작은 밭을 한 뙈기 가지고 계셨다. 아버지는 그 땅의 4분의 1을 유산으로 받으셨고 나는 그 중 12분의 1을 받았으니 내 아이들은 각자 36분의 1의 땅을 물려받을 것이다. 가을이 되어 사과 몇 알만 떨어져도 그 땅을 꽉 채우지 않을까 싶다.

아직도 이걸 먹어?

노년의 식욕

꽤 많은 날들을 살아오는 동안 내가 말할 수 있는 것은 여름이 최고의 계절이라는 것이다. 단순하게 음식만 보아도 그렇다. 풍성한 자연이 슈퍼마켓에 쏟아지고 쌓인다. 체리와 블루베리, 양상추와 토마토, 모든 것이 제철이다. 반면에 겨울은 양배추밖에 없다. 확실한 사실이다.

그러다 보니 여름에 나는 거의 과일과 야채만 장바구니에 담아 집으로 온다. 멜론은 절대 그냥 지나치지 못한다. 내가 가장 좋아하는 여름 저녁의 후식이기 때문이다. 처음에는 치즈 빵을 먹은 다음, 냉장고에서 차가운 멜론을 꺼내어 작은 조각으로 썬다. 너무나 달콤하고 부드러워 혀로도 과육을 으스러뜨릴 수 있을 것 같다.

그러나 멜론은 또한 노화의 결과를 분명하게 보여준다. 나는 더 이상 많은 양을 먹을 수가 없다. 소화하기에 어려운 음식이 되었기 때문이다. 먹기 쉬운 칸탈루프나 아주 작은 종류의 멜론만을 산다 하더라도 더 이상 가망이 없다. 나는 보통 한두 조각만 잘라서 먹고 나머지는 잘 포장하여 냉장고에 보관한다. 하지만 대부분은 보관하는 데 성공하지 못하는데 부엌 찬장에는 보관용기가 가득하지만 항상 제대로 뚜껑이 맞는 용기를 찾을 수 없기 때문이다. 뚜껑 찾는 것을 포기하고 요리용 알루미늄 포일로 싸두려고 하다 보면, 의도했던 대로 한두 칸 정도만 떼어지는 것이 아니라서 결국 알루미늄 포일을 한 가득 손에 쥐게 된다. 그러다 보니 멜론을 자른다 해도 몇 조각 먹지 못하고 결국은 알루미늄 포일과의 전쟁을 매번 겪어야 한다.

이는 아마도 대부분의 싱글들이 슈퍼마켓에서 마주하는 문제일 것이다. 사실 마트에서 판매하는 제품들은 나에겐 너무 양이 많다. 치즈 한 덩어리를 다 먹는 데도 몇 주가 걸리고 버터를 사면 유통기한이 되기 전까지 결코 다 먹을 수가 없다. 우유 한 통도 마찬가지이다. 예전이라면 그 문제를 실용적으로 해결하기 위해 남은 음식을 모두 먹어 치우는 걸 선택했을 것이다. 하지만 나이가 들수록 위가 견디지 못한다.

나는 살면서 대식가였던 적은 없는데 아이들을 키우느라고 정신없이 바빴던 탓도 있었다. 예전에는 아이들이나 손주들의 입가나 몸에 묻은 토마토소스를 닦느라 바빠서 내 입에는 스파게티 면을 넣을 겨를도 없었다. 그럼에도 불구하고, 나는 내 식욕이 노후에 얼마나 감소했는지 깨닫는다. 여전히 초콜릿 케이크나 견과류, 치즈에 대해 먹고 싶은 욕구가 있긴 하지만 몇 입 깨물고 나면 이미 배가 불러온다. 마치 말라붙은 과일처럼 내 위장도 쭈그러들어 빈 공간이 남아 있지 않은 느낌이다.

음식을 버리고 싶지 않은 마음에 나는 다른 방법을 찾아냈는데 바로 같이 먹어줄 사람을 구하는 것이다. 멜론을 함께 먹기 위해 친구들을 초대한다. 여름 저녁에 친구들과 발코니에 앉아 이야기를 나누며 화이트 와인과 멜론을 같이 즐기는 것. 손님이 내 앞에 놓인 멜론 접시를 보며 "그거 안 드실 거예요?"라고 묻는 것이 즐겁다. 버터 문제는 다른 방식으로 해결하기로 했다. 수 주 동안 조금씩 떼어서 먹느니 유통기한이 가까워지면 재빠르게 케이크를 굽는 데 사용하는 것이다. 그리고 단순한 규칙 하나. 케이크가 집안에 많을수록 손님도 늘어난다. 상당히 멋진 일 아닌가.

느림의 발견

절반의 속도로 산다는 것

요즘에는 일기를 쓰는 게 좋겠다는 생각이 든다. 과거에는 그럴 시간이 없었다. 하루하루 해야 할 일이 너무 많았기 때문에 일과를 몇 페이지의 일기로 정리할 수가 없었다. 하지만 나이가 든 지금은 일기를 쓸 수 있을 것 같다. 요즘 내가 하는 일, 생각하는 것들에 대해 쓰다 보면 한 페이지 정도는 채울 수 있을 것이다. 저녁에 책상 앞에 앉아 하루의 일을 문장으로 써 내려 갈 시간의 여유가 있기 때문이다.

나이가 들수록 내 삶이 느리게 느껴진다. 과거보다 경험하는 일은 훨씬 적지만 그 모든 것이 훨씬 시간이 더 걸린다. 마치 더 느리게 상영되는 영화처럼 그동안 살아온 내 삶의 절반의 속도로 날리고 있는 것 같다.

일어나서 샤워하고 커피를 만들고, 신문을 읽을 수 있도록 안경을 찾고……. 과거에는 이 모든 것을 몇 분 안에 해치울 수 있었다. 가족이 다 모이는 아침 식사도 어떻게든 제시간에 끝냈기에 아이들에게 책가방을 들려서 집 밖으로 쫓아낼 수 있었다. 요즘에는 이 모든 아침 시간의 의식이 한 시간 정도 걸린다.

그 이유는 분명하다. 몸에는 별다른 통증이 없지만 근육은 이미 탄력성을 상당히 잃어버렸다. 나는 매우 빨리 방전되는 배터리처럼 쉽게 지친다. 친구와 커피를 마실 약속이라도 있다면 하루 일은 그것으로 족하다. 나머지 시간은 침대나 소파에서 커피를 마시거나 책을 읽으며 보낸다. 그리고 나서는 긴 낮잠을 잔다.

보통 주중에는 할 일이 많기 때문에 나는 달력의 공백을 간절하게 기다린다. 가령 금요일 오후에는 가능하면 자유롭게 시간을 보내려고 한다. 그때가 되면 〈남독일 차이퉁〉 지면에 내가 좋아하는 크로스워드 퍼즐 문제가 등장하기 때문이다. 거실에 앉아 공책을 옆에 두고 머릿속으로 답을 찾는 시간은 나를 정말로 행복하게 한다. 나는 그날은 거의 아무것도 할 수 없다.

그렇다고 속도가 줄어든 나의 삶이 나를 짜증나게 하는 것이 아니다. 오히려 그 반대이다. 나는 노년의 여유 있는 시간을 양심의 가책 없이 즐길 수 있다. 시장을 오가는 데 두 시간이 걸리는 게 무슨 상관이겠는가? 오가는 길에 나는 일상의 작은 것들을 만끽할 수 있다. 공원의 나무와 새들의 지저귐을 기꺼이 맞이한다.

많은 사람들이 명상 수업을 위해 돈을 지불하고, 명상을 통해 지금 이 순간을 알아차리려고 노력한다. 만약 그것이 잘 되지 않는다면 걱정하지 말라. 나이가 들면 저절로 그것이 이루어진다. 느린 걸음걸이가 당신의 삶의 속도를 늦추고 순간 속에서 살도록 만든다. 나이는 등록할 필요가 없는 명상 코스이다.

그거 누가 마셨어?

와인과 포기에 대해

냉장고 앞에 서 있다가 나는 깜짝깜짝 놀라곤 한다. 그저 〈도나 레온Donna Leon〉 시리즈 영화를 보면서 피노 그리지오Pinot Grigio 와인을 한 잔 마시려 했을 뿐이다. 90분이나 상영되는 동안 한 잔만 마실 수는 없지 않는가? 그런데 방금 열어놓은 와인 병이 벌써 반이나 비어 있다니 어찌된 일인가?

혼자 살고 있으니 누가 몰래 내 와인을 마시지 않은 것은 확실하다. 아무래도 나는 불편한 결론을 도출해야 할 것 같다. 즉 알코올과 나와의 관계가 느슨해진 것이다.

우리 집안에는 저녁에 포도주를 한 잔씩 마시는 전통이 있었기에 대부분의 포도 품종에 대해서도 잘 알고 있었다. 우리 세대에는 '투스카니 웨이브(한류가 '코리안 웨이브'이듯 일종의 이태리 문화에 대한 열광)'라는 것이 있었다. 방학 때가 되면 자동차의 지붕 위까지 짐을 싣고 교통 체증을 마다하지 않으며 '남쪽 나라(여기서는 이탈리아를 가리킨다)'로 향했다. 그리하여 지중해식 달콤한 삶이라는 스타일을 집으로 가져오는 것이 유행이었다. 나는 버터를 냉장고에 넣어두고 올리브 오일로 야채 요리를 하며 좋은 치즈와 와인을 집에다 쟁여놓곤 했다.

우리는 시골에 있는 집에서 살았다. 정원에는 체리 나무가 있었는데 저녁이면 가지 사이로 지는 해가 걸렸다. 낮 동안 서로 바빠서 볼 틈이 없었던 남편과 나로서는 저녁이면 와인을 한 잔씩 나누는 시간이 아주 중요했다. 끈적끈적하고 달콤한 로제 말고, 드라이한 이탈리아 포도로 만든 와인이 우리 입에 맞았다. 겨울 휴가 때 잔뜩 산 이탈리아 와인들을 우리는 집에서 편하게 즐겼다.

과거에도 나는 와인을 좋아했다. 하지만 두 잔째에 이미 반 병이나 비어 있는 와인의 문제는 내가 혼자 사는 것과 관련이 있을 것이다. 혼자서 술을 마시면 내 행동에 대해 조심을 하지 않게 된다. 다른 상황에서도 비슷한 것을 느낄 때가 있다. 예를 들어 책을 읽으면서 숟가락으로 남아 있는 잼을 다 퍼먹고 있는 것이다. 어느 순간 유리병의 바닥을 숟가락으로 긁고 있는 나 자신을 발견하는 것이다. 옛날 같으면 아이들이 거실을 지나가다 그런 나를 보고 웃으면서 소리쳤을 것이다.

"아주 책에 푹 빠지셨네요!"

지금은 와인 잔에 연거푸 와인을 따른다 해도 부드럽게 나를 제지해줄 사람이 곁에 아무도 없다.

"또 마시는 거요?"

이것은 단순히 곁에서 얘기해줄 사람이 없다는 문제만은 아니다. 슈퍼마켓 계산대 앞에 서 있다 보면 식빵이나 우유팩, 슬라이스 소시지 사이에 값싼 슈납스Schnapps(독일 오스트리아 지역에서 즐겨 마시는 독한 증류주) 한 병을 계산대에 올려놓고 있는 내 또래의 노인들을 자주 보게 된다. 외로움은 너무 춥다. 알코올은 추운 순간에 잠시 당신을 덥혀준다. 이건 노인들에게 매우 위험하다.

내가 술을 마시는 것은 외로움 탓이 아니며 나는 여전히 순수한 즐거움을 위해 술을 마신다. 나의 일상을 한결 즐겁게 만들어주기 때문이다. 하지만 나를 위해 나는 한 가지 묘안을 생각했다. 더 이상 아름다운 화이트와인 잔에 한번에 4분의 1의 와인을 따르는 것이 아니라 내가 갖고 있는 우아하고 섬세한 크리스탈 잔에 와인을 따르기로 했다. 이 잔은 작아서 와인이 금방 비게 된다. 그러면 냉장고로 달려가 잔을 자주 채우는 일을 주저하게 될 것이다.

나는 남편이 죽은 후 몇 주 동안 전혀 술을 입에 대지 않았다. 내가 아직도 금주를 실천할 수 있을지 가끔 자문하곤 한다. 그리고 답은 '예스'이다. 그것이 중요하다. 내가 필요하면 금주를 실천할 수 있다는 것을 알고 있으므로 나는 여전히 화이트와인을 즐길 수 있다.

잼 공장

홈 메이드 잼과 감사의 시간

나는 일년에 몇 달 동안 조그마한 사업을 운영한다. 딸기 수확철부터 마르멜로(모과 비슷한 열매로 잼 등을 만드는 데 씀) 시즌에 이르기까지의 몇 주 동안이다. 이 기간 동안 짐을 잔뜩 실은 친척들이 내 아파트의 벨을 울린다. 몇 킬로나 되는 과일을 싣고 온 이들이다.

"이것 보세요. 체리를 좀 땄어요."

"우리 집 정원에서 난 커런트 열매예요."

"여기 보세요, 마르멜로 두 자루 가져왔어요."

"아이쿠, 고마우셔라."

나는 우리 가족 사이에서 '홈 메이드 통조림 여왕'으로 불린다. 나는 홈 메이드 잼을 만드는데 공장에서 만든 것처럼 상표를 붙이기도 한다. 여름철이면 나는 팔 여덟 개를 가진 문어가 되고 싶다. 팔 하나로는 냄비 속 설탕 덩어리가 타지 않도록 저을 것이다. 또 동시에 유리병을 끓여 소독할 수 있도록 두 개의 팔이 필요하다. 팔 하나는 상표의 글씨를 쓰는 데 사용하고 또 팔 하나는 상표를 붙이는 데 사용할 것이다. 갓 익힌 잼에서 거품을 걷어낸 다음 뜨거운 유리병에 부으려면 팔이 두 개 더 필요하다. 마지막으로는 온갖 스트레스를 떨치도록 시원한 화이트와인 한 잔을 마실 수 있는 자유로운 팔이 필요하다.

그러나 비록 팔은 두 개뿐이지만, 나는 항상 꽤 많은 양의 잼 병을 채우는 데 성공하곤 했다. 여름이 끝날 무렵이면 나의 식료품 저장실은 넘쳐난다. 유리병과 잼통이 선반 위에 쌓여 있다. 딸기잼과 커런트 젤리, 딱총나무꽃 시럽과 마르멜로 젤리, 그리고 체리잼.

하지만 잼이 담긴 병들은 오래가지 못한다. 가족과 친구들, 보행자 구역에서 만나도 인사만 하고 헤어지는 지인들까지 모두들 내가 만든 잼을 찾기 때문이다. 무례하게 보이지 않으려고 이들은 나에게 주문을 한다.

"당신이 작년에 만든 체리잼 맛이 너무 황홀했어요."

"네, 알겠어요. 다음에 방문할 때는 잼을 한 병 가져가기로 하죠."

사실 그 자체가 나를 힘들게 하지는 않는다. 나는 과일을 끓여서 잼을 만드는 것을 좋아하는데, 그것이 어느 정도는 명상과 일맥상통하는 점이 있기 때문이다. 아무것도 생각할 필요 없이 마음을 다해 다음 단계를 지켜보는 것 말이다. 이와 같은 정신적 휴식을 위해 산티아고 길로 순례를 떠나는 사람들도 있다. 게다가 사람들이 내가 만든 잼을 좋아해주니 나는 행복하다.

하지만 나를 괴롭히는 것은 내가 건네주는 잼에 대한 사람들의 반응이다. 사람들은 나에게 고맙다는 말을 연발한다. 하지만 내 얼굴에 주름이 늘어날수록 고마워하는 반응이 줄어드는 것을 나는 본다.

이것은 내가 계속 목격하게 되는 패턴이다. 젊은 여자가 케이크를 선물로 가져오면 사람들은 대단하다며 환호한다. 하지만 늙은 여자가 같은 일을 할 때는 '어머, 또 케이크를 만드셨네요!' 같은 소극적인 반응이 뒤따른다. 노인이 하는 일 중에 어떤 일은 더 이상 특별하게 여겨지지 않고 당연시하게 되는 것이다.

많은 사람들의 눈에 잼 만드는 일 같은 것은 그저 늙은 여자들이 흔하게 하는 일로 보이는 모양이다. 늙은 여자들은 빵 굽는 일이나 요리하는 일을 많이 하니까 남는 것도 많을 것이다. 그러니 굳이 얘기할 거리도 아닌 것이다.

"나이 든 할머니들이 하는 일이 그런 것 아닌가요?"

내가 손녀에게 나의 분노를 털어놓자 손녀는 건조하게 대꾸했다.

하지만 할머니는 잼이나 생일 케이크, 견과류로 만든 과자 공장이 아니다. 부엌에서 일하는 것은 젊은 사람과 마찬가지로 힘들다. 그러니 앞으로 할머니나 할아버지가 만든 잼을 선물받을 때는 명심하길 바란다. 당신과 같은 또래의 친구가 주는 잼 선물과 마찬가지로 이들의 선물을 감사의 마음으로 받기를. 그러면 조부모님이 기뻐할 것이다. 또 다른 부탁이 있다. 친애하는 가족, 친구, 지인 여러분, 다 먹고 난 빈 병은 제발 돌려주시라. 그렇지 않으면 '그로스만 홈 메이드 잼' 공장이 내년에 제대로 가동이 되지 않을 것이니.

지폐 대신 동전

은행 잔고와 연금 소득의 변화

나는 테레사 수녀와도 같은 심성을 지닌 한 여성을 알고 있다. 그녀는 너그럽고 재미있으며, 개방적이고 사심이 없다. 그녀는 평생 동안 주위 사람들의 삶을 살펴주는 일을 지속적으로 해왔다. 요리를 해주고 빵을 구워주고 힘들 때는 껴안아주고 누군가 힘든 얘기를 하면 진심을 다해 귀를 기울였다.

그런데도 그녀는 내가 아는 사람 중에서 가장 적은 돈으로 생계를 꾸려가야 하는 사람이다. 남편이 죽었고 평생 주부로만 살아온 사람에겐 연금이 그리 많지 않다. 그녀의 통장에 들어오는 연금액은 너무 적어서 허리띠를 졸라매야 할 정도이다. 새 옷을 살 돈도 없고 당근 껍질을 벗길 때도 필러를 사용하지 않고 칼로 살살 긁어낸다. 그래야 당근의 과육이 많이 벗겨지지 않기 때문이다.

가난은 노년기의 커다란 문제이다. 뉴스에서도 볼 수 있지만 슈퍼마켓에서 노인들이 계산대 위에 올려놓은 물건들을 보면 그들의 처지를 짐작할 수 있다. 샌드위치 빵과 슬라이스 치즈 한 봉지, 허브티와 싸구려 커피. 이것조차도 감당이 안 되어 푸드 뱅크로 가야 하는 노인들도 있다.

나는 매우 운이 좋은 편이다. 돈을 펑펑 쓰지 않는 한 가난의 위험에 처할 일이 없기 때문이다. 하지만 결혼 초기에 남편과 나는 너무 가난했으므로 거기서 비롯되는 갖가지 걱정거리를 잘 알고 있다. 잔고가 얼마 남지 않은 지갑을 보며 그 달의 살림을 걱정해야 하고 제일 싼 야채만을 골라 매번 음식을 차려야 했던 나날들. 첫째 딸이 태어난 후 우리가 살았던 좁고 작은 아파트.

사실 우리 세대는 일반적으로 검소한 환경에서 자랐다. 전쟁 전후에 성장한 아이들이었으므로 우리는 오래된 빵을 아침에 다시 먹거나 빵 수프로 만들어 먹는 일에 익숙했다. 그조차도 불가능하게 되면 계란을 묻혀서 프렌치 토스트로 만들어 먹었다. 부모님이나 조부모님들은 우리가 맘껏 원하는 방식으로 음식을 요리하고 먹도록 내버려두지 않으셨다. 어린 시절에는 빵에 버터와 잼을 한꺼번에 바르는 일이 허용되지 않았다. 슈바빙 출신의 할머니 눈에는 그야말로 죄악이고 낭비였다.

이 오래된 훈계는 번번이 내 마음속에 되살아난다. 가령 수영을 하고 나서 빵집을 들러 신선한 빵을 사고 싶을 때 내 마음속 저편에서 다른 목소리가 들려온다.

"하지만 집에 다른 빵이 있잖아."

나에게는 좋은 음식을 먹을 수 있는 행운이 있다는 것을 알기에 나는 이 목소리에 맞서 싸운다. 그리하여 싸구려 슬라이스 치즈 대신 매운 고산 치즈를 산다. 한 입만 먹더라도 행복하기 때문이다. 혹은 빨간 외투를 걸칠 때마다 행복한 기분을 느낄 수 있으므로 기꺼이 내 자신에게 멋진 대접을 해주는 것이다. 나는 이것들을 감당할 수 있다. 동시에 그 순간은 나의 성장 방식과 싸우는 시간이기도 하다. 슈퍼마켓의 계산대에서 흔히 볼 수 있는, 잔돈을 찾아 지갑을 뒤지는 노인의 모습은 아마도 우리가 어린 시절 받았던 저축에 대한 강박관념과 관련이 있을 것이라고 나는 믿고 있다. 지갑에서 지폐를 꺼내는 것보다 동전으로 지불하는 것이 훨씬 더 기분이 좋다.

하지만 나는 우리 세대는 아직 상대적으로 형편이 좋다고 생각한다. 내가 걱정하는 것은 미래 세대이다. 과거의 우리 세대와 같은 성장은 오늘날에는 더 이상 가능하지 않을 것이라고 나는 생각한다. 남편 울리와 나는 낮은 수입에도 불구하고 집을 지을 수 있었는데, 이것이 나중에 우리의 금전적 안정의 기초가 되었다.

아마 내 손주 세대에서는 이 같은 삶을 누리는 것이 더 이상 가능하지 않을 것이다. 손주들의 세대에서는 혼자 힘으로 아파트를 사는 것이 거의 이룰 수 없는 꿈이 되었다. 비싼 생활비와 비싼 주거 공간 등을 생각해보면 이 모든 게 어떤 세상으로 이어질지 걱정스럽다. 게다가 세대 간의 연결 고리는 갈수록 더 위태로워지고 있다. 연금을 필요로 하는 사람은 점점 더 많아지고, 일을 하고 세금을 내는 사람들은 점점 줄어들고 있다.

나의 가장 큰 소원은 평생 나의 아이들과 손주들, 그리고 증손주들이 이 세상을 별 탈 없이 행복하게 살아가는 것이다. 하지만 그들이 그렇게 살아갈 만한 여유가 있을까? 이들이 노년이 되었을 때도 여전히 이 모든 비용을 감당할 수 있을까? 이들은 은퇴하기 전에 얼마나 오랫동안 일을 해야 할까? 나를 정말로 걱정스럽게 만드는 질문들이다.

제발 나를 요양원으로 보내줘!

누가 나를 돌볼 것인가

노년에 미래에 대해 생각하는 건 젊었을 때와는 매우 다른 느낌이다. 젊었을 때는 나의 직업이나 아이들의 삶, 혹은 가고 싶은 여행 등에 대해 꿈을 꾸곤 했다. 여전히 나는 수년 동안은 멋진 삶을 누릴 수 있을 것 같다. 하지만 동시에 앞에 놓인 시나리오는 나를 두렵게 한다. 분명 누군가의 돌봄이 필요한 힘든 시절이 다가올 것이다.

나는 20년 넘게 어머니를 돌보았다. 어머니는 우리 집의 노인용 별채에서 우리와 함께 사셨다. 젊어서 어머니는 의학을 공부했고 오랫동안 시골 의사로 살았다. 늘 의사로서 바빴고 집에는 거의 머무르지 않았으므로 우리 집에는 항상 가사

도우미가 있었다. 나이가 들어 우리 집으로 이사를 오셨지만 어머니는 애석하게도 집안일이 얼마나 고달픈지에 대해서는 전혀 이해하지 못했다.

어머니를 아주 사랑했지만 우리가 한 지붕 아래서 함께 보낸 세월은 그리 좋지 않았다. 어머니에게 도움을 주는 건 전혀 문제가 되지 않았다. 다만 어머니가 나의 존재와 내 도움에 가끔 감사의 표시를 했더라면 더 좋았을 것이다. 하지만 어머니는 언제 미용실에 가고 싶은지, 일요일에는 어떤 요리가 있어야 하는지 일일이 나에게 지시를 내리는 걸 좋아했다. 나는 일요일에 버섯 소스를 곁들인 파스타를 요리하는 걸 좋아했다. 하지만 내 취향은 전혀 중요하지 않았다.

어머니가 우리 집으로 이사 오기 전까지는 우리는 서로를 존경했다. 하지만 우리의 관계는 밀접함과 의존성으로 인해 마찰이 많았다. 그 중에서도 나는 어머니의 거만한 태도를 견디기 어려웠다. 그로 인해 종종 어머니가 얼마나 좋은 면이 많은 사람인지를 잊어버렸기 때문이다.

지금도 나는 어머니와 보낸 그 시간에 대해 자주 생각한다. 왜냐하면 어느 순간 나에게도 이런 질문에 대답해야 할 때가 올 것이기 때문이다. 도움이 필요한 때가 오면 어떻게 할까? 지금까지 나는 잘 해오고 있다. 작은 아파트에 살면서 진공청소기로 청소하고, 잼을 만들고 바닥도 혼자서 잘 닦는다. 하지만 언제까지 이런 크고 작은 일상의 일을 해낼 수 있을까? 주말마다 서는 장에 가서 고른 상추나 토마토는 집으로 직접 들고 올 수 있지만 무거운 물건은 더 이상 들지 못한다. 내가 리슬링 와인을 즐겨 마시므로 나의 사위는 종종 차에 와인을 실어 나에게 가져다 준다. 하지만 사위가 해야 할 일이 점점 더 많아진다면 어떻게 해야 할까?

더 이상 혼자서 일상을 정리할 수 없다면 나는 어떻게 해야 할까? 그럴 때가 되면 나는 확실하게 선택할 것이다. 내 아이들의 보살핌이 아니라 요양원의 보살핌을 받기로.

돌봄은 커다란 짐이다. 무거운 마음으로 남편 울리를 요양원에 데려가기 전 육체적으로 얼마나 피폐해졌는지 나는 잘 기억한다. 나는 산산이 부서졌다. 잠이 너무나 부족했고 남편을 일으키거나 걷는 것을 도와주느라 지나치게 힘을 많이 써야 했다. 그 전에 어머니의 요구를 챙겨야 했던 것처럼 나는 하루 종일 남편을 챙겨야 했다. 그로 인해 내 몸은 으스러졌다. 이런 일을 아이들에게 강요하는 건 상상조차 할 수 없다.

내가 더 이상 돌볼 수가 없어지면서 울리를 요양원에 맡겨야 한다는 결론을 내린 이후로 내 몸은 즉시 좋아졌다. 또한 요양원을 방문하여 울리를 진정으로 돌볼 수 있게 되었다. 껍

데기만 남아 일하고 요리하고 청소하고 씻기는 일상은 더 이상 하지 않아도 되었다. 그보다는 울리와 시간을 보내면서 눈을 맞추고 그의 말을 듣고 그가 원할 때 손을 쓰다듬어줄 수 있었다.

그를 통해 나는 요양원의 간호사들이 얼마나 헌신적으로 일하는지를 보았다. 물론 살던 아파트를 나와야 하는 건 괴로운 일일 것이다. 하지만 요양원의 간호사들이 나를 잘 돌봐줄 것이라는 걸 나는 안다. 내 아이들과 손주들은 자신들의 삶을 자유롭게 살아야 한다. 종종 이들이 요양원을 찾아오면 나는 즐겁게 맞이하여 따뜻한 포옹을 나눌 것이다. 이것이 아침에 일어날 때 누가 나를 일으켜 세우는가의 문제보다 더 중요하다.

양보할 수 없는 오후 낮잠

휴식이 주는 마법의 효과

내가 살고 있는 작은 마을에는 멋진 식물원이 있다. 나는 화초를 좋아하고 예전에 살던 집에도 커다란 정원이 있었다. 하지만 지금은 화초에 대한 그리움을 채우기 위해서 식물원을 이용한다. 얼마 전에 나는 안내자가 나오는 식물원 투어를 하러 그곳에 갔다. 가이드로 나온 식물학자는 우리에게 올해의 식물들을 소개했다.

우리는 '유럽 흰 느릅나무Flatter-Ulme, Ulmus laevis'와 같은 식물에 대한 여러 가지 재미있는 이야기를 들으면서 몇 번이고 걸음을 멈추었다. 그런데 아무리 '유럽 흰 느릅나무'에 대한 이야기가 흥미로워도 나는 시계를 자주 들여다보는 내 자신을 발견했다. 오후 낮잠을 잘 시간이었다.

집으로 돌아오면서 나는 소파라는 분명한 목표를 향해 전진했다. 아파트 문을 열었더니 현관문이 나를 기다리고 있었다. 마치 나를 위한 초대장처럼 보였다. 내가 가장 좋아하는 모직 담요가 소파의 등받이 부분에 놓여 있었다. 전구는 해가 쏟아지는 것처럼 머리를 따갑게 하므로 나는 스탠드 램프를 켰다. 그런 다음 부드러운 모직 담요를 몸에 덮고 전자책을 몇 페이지 읽다가 소파 위에 부드럽게 밀쳐놓고 눈을 감았다.

낮잠보다 더 큰 행복이 있을까? 삶이 이보다 더 즐겁고 아름다울 수 있을까? 그런 건 없는 것 같다. 나에겐 오후 낮잠이 신성한 일과가 되었다. 30분을 넘기지 않는 것은 중요한 규칙이다. 그러면 나는 커피 한 잔과는 비교가 안 될 정도로 가뿐하고 상쾌하게 다시 살아나는 기분이 든다.

예전과 다른 것은 내가 항상 오후에 낮잠을 잘 수 있다는 것이다. 젊어서 아이들을 키울 때는 어림도 없던 일이다. 나이가 들어서조차 항상 가능한 것은 아니었다. 하지만 노인이 된 지금, 시간은 내가 풍요롭게 쓸 수 있는 화폐가 되었다. 그리고 나는 그 시간을 점심 시간 낮잠에 투자하고 있다.

이것은 아마도 내가 밤에 잠을 잘 자지 못한다는 사실 때문일 것이다. 예전에 나는 저녁이면 몹시 피곤해져서 새벽까지 깊은 숙면에 빠져들곤 했다. 요즘은 사정이 다르다. 잠을 잘 자려면 화이트와인을 한 잔 정도 마셔주어야만 꽤 효과가 있다. 그런 다음 10시 반쯤에는 TV를 켜거나 음악을 틀고 전자책을 펼친 다음 침대로 간다. 잠자기 전에 전자책을 몇 페이지라도 읽지 않으면 나는 허전함을 느낀다. 전자책의 장점은 가볍다는 것이다. 코앞에 묵직한 책을 펼쳐 들고 책을 읽으려면 팔뚝을 단련시켜야 할 텐데 내 나이엔 어림없는 일이다. 게다가 전자책으로는 글꼴을 내 시력에 맞춰 크게 설정해서 읽을 수 있기 때문에 더 좋은 일이다.

이렇게 아름다운 독서 의식이 있으니 잠에 빠지는 것은 문제가 되지 않는다. 문제는 다음날 아침에 온다. 이른 새벽 말이다. 나는 종종 새벽 4시에서 5시 사이에 일어난다. 깨어서는 다시 잠드는 것이 불가능하다고 느낀다.

그러므로 나이 들면 새벽잠이 없어진다는 게 단순한 농담거리가 아니라 바로 내 삶의 현실이다. 과거에는 침대에 머무는 모든 순간을 즐기곤 했다. 아침에 느끼는 희미하고도 노곤한 피로감, 이제 그 느낌을 더 이상 음미할 수 없게 되었다. 새벽이면 정신이 확 깨어나기 때문이다.

싸울 수도 없고 억지로 잠을 잘 수도 없다는 것을 알기 때문에 나는 그 시간을 이용하기로 했다. 나는 내가 가장 좋아하는 아침의 의식을 시작하기 전까지 책을 읽는다. 그리고 아침 수영을 나갈 준비를 한다. 화장실에 가서 수영복을 입은 다음 겉옷을 입고 분홍색 모자를 쓰고 수영장으로 걸어간다. 그런 다음 차가운 물속으로 거침없이 들어가는데 정신이 깨어 있는 아침이어서인지 그다지 나쁘게 느껴지지 않는다. 그리고 근육이 따뜻해질 때까지 천천히 수영장의 줄을 따라 헤엄친다.

집으로 돌아와서는 침대에서 아침 식사를 하고 신문을 읽는다. 그럼 오후의 낮잠도 침대에서 자는 게 나을까? 그건 좀 아니다. 소파나 램프의 불빛이 훨씬 더 매력적이기 때문이다. 이러한 일상 속의 소소한 행복으로 인해 나는 내가 왜 노년의 공허한 날들을 두려워했을까, 자문하게 된다. 참으로 멋진 하루이다.

나는 베이지색을 좋아하지 않는다

노년의 스타일

나는 휠체어가 출입할 수 있는 집에 산다. 일종의 예방책이었다. 하지만 그것의 의미는 좀 더 복잡하다. 가령 내 이웃의 대부분이 나이 든 사람들이다. 우편 주문 상품을 파는 사업자들도 그 사실을 잘 알고 있는 듯하다. 우리 집 복도에 쌓여 있는 건강 보조제품과 계단 보조장치 그리고 노인용 전화를 위한 광고 전단지를 보면 그걸 잘 알 수 있다.

노인은 광고업자 입장에서는 매우 손쉬운 연령대이다. 노인들의 문제는 상당히 분명하기 때문이다. 대부분의 노인들은 계단 오르는 일의 힘겨움과 요실금, 외로움과 관절염, 건망증, 순진한 믿음, 그리고 대형 옷가게에서 우리 몸에 딱 맞는 옷을 찾기가 점점 힘겨워지는 현실을 겪고 있기 때문이다. 우편 주문용 사업자들은 노인들의 문제에 대한 해답을 카탈로그 상품으로 제시한다.

순수한 호기심과 연구심으로 나는 문 앞에 놓인 카탈로그들을 집으로 가지고 들어왔다. 내 머릿 속에서는 한 가지 질문이 떠오른다. 어째서 내 나이의 많은 남자들이 보호색의 옷을 입는 것일까? 보호색이란 다름 아닌 연금수령자의 색이라고 알려진 베이지색이다.

나에게는 베이지색 옷이 하나밖에 없다. 하지만 딱총나무꽃 시럽을 만들기 위해 공원에서 딱총나무 꽃줄기를 몇 개 따야 할 경우, 공원 관리인의 눈을 피하기 위해 입는 경우 말고는 이 옷을 입는 일이 없다. 그때 말고는 사람들이 왜 굳이 베이지색 옷을 입는지 나는 이해할 수가 없었다. 하지만 카탈로그를 훑어보다가 나는 노인들에게 판매되는 옷 중에 베이지색이 압도적이라는 사실을 알게 되었다. 카탈로그에는 짙은 베이지색 모자와 진흙색 바지, 올리브 그린색 바람막이 점퍼와 같은 옷들이 다양하게 소개되어 있었다. 베이지색 잠옷까지 있었다. 게다가 옷들의 가격은 우리 마을에서 가장 비싼 옷을 팔던 양장점에서나 볼 수 있는 가격이었다.

그리하여 나는 그 모든 베이지색 옷이 어디서 온 것인지 그 근원을 마침내 알게 되었다. 또한 많은 노인들이 어째서 카탈로그 속의 옷들을 주문하는지도 이해하게 되었다. 그들은 대부분 과거에 잘 다듬은 정원을 가꾸고 살면서 정기적으로 세차장에 가서 차를 청소하곤 하던 사람들일 것이다. 그러다 나이가 들어서는 자신에게 쏠리는 시선이 부담스러워서 눈에 띄지 않는 베이지색 옷을 입는 것이다.

늙은이가 되면 옷을 입을 때마다 뭔가 잘못되었다는 느낌이 든다. 노년에도 품위 있고 스타일리시하게 옷을 입는 것이 어떤 것인지에 대해 우리 사회는 아무런 관심이 없다. 옷을 구입하는 일은 나의 한계를 시험하는 일이다. 내가 사는 곳은 작은 마을이다. 하나 있던 옷 가게는 진즉 문을 닫았다. 특별한 행사가 있을 때 입을 옷을 고르다 보면 나는 절망에 빠진다. 대부분의 셔츠는 투박한 상자 모양이다. 몸을 꿰어 넣기에 안성맞춤인 것이다.

카탈로그의 제안과는 상관없이 사실 나도 노년기에 어떤 스타일의 옷을 입어야 할지 아이디어가 부족하다. 우리 연령대를 겨냥한 것이 틀림없는 잡지를 들여다보면 멋진 숏커트에 화려한 패턴의 셔츠를 입고 그 위에 우아한 가디건을 걸치고 길고 화려한 목걸이를 한 그럴싸한 할머니 모델의 모습을 볼 수 있다. 하지만 그건 내가 아니다.

과거의 내 롤 모델이었던 우아하고 클래식한 옷을 즐겨 입던 여성들은 노후에는 그저 사라지고 없다. 나이 든 여배우일수록 눈에 보이지 않는다. 이들은 더 이상 레드 카펫을 밟지 않거나 마돈나와 같이 나이 들어도 젊은이처럼 옷을 입는다. 내가 보기에 정말로 스타일리시하게 차려입는 유일한 나이 든 여성은 영화배우 다이앤 키튼이다. 나는 가끔 인터넷에서 그녀의 사진을 검색해보곤 한다. 거리를 걸어가는 그녀의 모습은 얼마나 아름다운지! 클래식의 기본을 지키는 듯한 그녀의 패션은 항상 선이 단정하다. 치마도 허리를 잘록하게 강조하지만 항상 무릎 길이까지 온다. 게다가 그 멋진 모자들이라니! 정말로 놀라운 패션이다.

만약 나에게 충분한 시간이 있다면 나는 그녀의 사진을 인쇄하여 우편 주문 사업자들에게 아무 말 없이 보내고 싶다. 우리 노인들에게 영감을 줄 수 있는 패션을 만들어주시게나. 그리고 다음번엔 진흙색은 절대 사절이오.

아직 보고 싶은 것

해야 할 중요한 일의 목록

경비원이 전시회장의 문을 연다. 나는 어두운 전시실로 들어간다. 교회 그림들이 보인다. 분명 흥미롭긴 하지만 내가 여기에 온 것은 다른 이유이다. 나는 피렌체 화풍의 그림들을 지나치며 곁눈으로 황금빛 그림들을 훑는다. 박물관의 지도를 통해 나는 내가 찾는 초상화가 걸려 있는 곳을 확인한다.

여기쯤에 있어야 하는데……. 맞다, 여기 찾았다! 어두운 청색 배경으로 옆얼굴을 드러낸 이탈리아 여성의 초상화. 안토니오 델 폴라이우올로Antonio del Pollaiuolo가 그린 초상화이다. 내가 초상화 가까이 다가가자 경비원이 살짝 긴장하는 것이 느껴진다. 그래서 나는 멈춰 서서 몇 분이고 그 그림을 바라본다. 그리고 눈을 감는다. 효과가 있었다. 방금 본 그림이 머릿속에서 잘 저장되어 언제고 볼 수 있게 된 것이다. 정말 기쁘다.

예전에 우리 집에는 초상화가 있었다. 몇십 년 동안 걸려 있던 초상화였다. 계단을 뛰어 올라갈 때마다 초상화 속의 여인이 보였다. 하지만 언젠가 이사를 하면서 그 초상화는 아쉽게도 망가지고 말았다. '알테 피나코텍Alte Pinakothek(독일 뮌헨에 있는 미술관)'에서 피렌체 화가들의 작품이 전시된다는 소리를 듣고 나는 그 그림들을 볼 수 있는 기회가 왔다는 것을 알았다. 마지막 기회였다.

나는 치료가 불가능한 망막의 병증을 가지고 있다. 망막에 구멍이 있는데 이것은 불행히도 유전병이다. 아버지도 이 병에 걸려 말년에는 눈이 멀었다. 나의 언니도 마찬가지여서 이미 한쪽 눈을 실명했다. 나의 경우 아직 완전히 눈이 멀지는 않았다. 하지만 그다지 눈에 보이는 것이 없다. 수년 동안 눈이 잘 보이지 않았으며 아주 오래 살 경우에는 분명 언젠가는 눈이 멀게 될 것이다. 다행히도 증세는 천천히, 그러나 지속적으로 악화되고 있다. 이미 먼 거리에서는 아무것도 보이지 않게 되었다. 가까운 사물은 안경을 써야 가까스로 알아볼 수 있다. 또 뭔가를 읽으려면 돋보기를 써야 한다.

이러한 내 눈의 상태로 인해 지인들 간에 나의 평판이 나빠질까 봐 나는 염려스럽다. 시내에서 거닐 때 나는 더 이상 사람들을 알아보고 인사할 수 없기 때문이다. 내 눈앞 몇 미터 앞으로 다가오기 전까지는 사람들의 머리는 그저 희미한 베이지색에 지나지 않는다. 가까운 친구도 익숙한 걸음걸이나 걸치고 있는 재킷의 색으로 겨우 알아볼 수 있다.

건강 문제에 관한 한 나는 매우 운이 좋은 편이라고 생각한다. 별다른 고통 없이 몸을 움직일 수 있기 때문이다. 단지 눈의 문제는 나를 두렵게 한다. 눈이 보이지 않게 되면 내가 더 이상 독립적인 삶을 살 수 없기 때문이다. 눈 때문에 나는 무력한 사람이 될 것이다. 아버지도 그랬고 나의 언니도 마찬가지였다. 하지만 미래에 대한 전망이 어둡기는 해도 적어도 무슨 일이 일어날지 예상할 수 있다는 점은 다행이다. 가능한 한 다가올 상황에 대비할 수 있기 때문이다.

나는 책을 좋아하지만 책을 읽는 것은 나에게 고통스러운 일이 되었다. 돋보기를 끼고 한 줄 한 줄씩 더듬어 읽어가야 하기 때문이다. 그래서 딸의 도움을 받아 전자책으로 바꾸기로 했다. 전자책에서는 글씨 크기를 조절할 수 있기 때문이다. 현재 내가 읽는 책의 글씨는 손가락 끝 마디만하다. 또한 아이폰을 사서 손주들에게 사용법을 배웠다. 그리하여 더 이상 글씨를 읽거나 쓰지 못하게 될 경우에 목소리로 와츠앱 메시지를 전달하는 방법을 익혔다.

건강할 때는 건강에 대해 생각하지 않는다. 코로 자유롭게 숨을 쉴 수 있다는 것이 얼마나 큰 행복인지는 감기에 걸려 보면 비로소 알 수 있다. 지금 나에게는 눈이 바로 그런 상태이다. 시력이 점점 나빠지면서 나는 오랫동안 세상을 선명하게 볼 수 있었다는 사실이 얼마나 행운이었는지를 깨닫게 되었다. 살고 있는 아파트 구석구석을 잘 알고 있고 집을 오가는 길을 선명하게 기억하고 있다. 내 아이들과 손자들의 얼굴을 마음의 눈으로 볼 수 있으며 햇빛에 비친 가을 나뭇잎과 푸르른 여름 초원의 아름다움도 내 마음에 아로새겨져 있다.

다른 사람들이 앞으로 경험하고 싶은 것에 대해 계획을 세우는 동안 나는 내가 보고 싶은 것에 훨씬 더 관심을 두었다. 그 중에서도 나는 색에 중독이 되었다. 나는 봄이면 손녀와 같이 네덜란드로 튤립꽃을 보러 가기로 약속을 했다. 분홍색, 노랑색, 붉은색 들판을 걸으며 알테 피나코텍의 초상화 속 여인들처럼 포즈를 취할 것이다. 시야에 들어오는 모든 광경을 눈에 담아두고 내 눈을 감을 것이다.

내 세계가 캄캄해지더라도 그 모든 색깔들은 내 머릿속에서 찬란하게 빛날 것이다.

내 갈비뼈는 이걸 견딜 수 없다!

노년기의 유연성에 대해

최근 버스 정류장에서 젊은 커플 옆에서 버스를 기다린 적이 있다. 둘은 서로 마주보고 있었다. 남자가 키스를 하기 위해 계속 여자를 자기 쪽으로 당기고 있었다. 두 사람의 눈은 오로지 서로를 바라보고 있었다. 나는 쇼핑용 카트를 들고 거기 서 있었다. 다른 사람들이 사랑을 하는 모습을 보는 건 사실 멋진 일이며 참 좋은 일이라고 생각한다. 그렇지만 연인들의 모습을 본 그날 하루 종일 나는 이상한 감정을 느꼈다. 한 남자가 그렇게 애타게 나를 바라본 게 얼마나 오래 전 일인지를 깨달았기 때문이다. 그 사람에게 내가 세상의 전부라는 것을 깨닫게 해주는 갈망의 눈빛.

나는 20년이 넘도록 섹스를 하지 않았다. 남편은 6년 전에 세상을 떠났고 그전에도 장기간 치매를 앓은 탓에 육체적인 친밀함은 포기한 지 오래였다. 그래도 우리는 어느 정도 행복한 커플이라고 볼 수 있을 것이다. 내 또래의 많은 이들이 우리보다 더 일찍 섹스 라이프를 포기하고 지낸다는 것을 알고 있기 때문이다.

하지만 나는 내가 잃어버린 것이 무엇인지 생생하게 알고 있다. 또한 그 모든 것을 선명하게 기억하고 있다. 눈빛과 욕망, 뜨거움과 설레임, 기대와 이후에 따라오는 황홀함…….

그것을 나는 그리워한다. 유일하게 다행이라고 생각하는 것은 그나마 내 호르몬이 더 이상 그걸 요구하지 않는다는 사실이다. 나는 예전에 비해 성적 흥분감을 훨씬 덜 느낀다.

물론 내 나이 또래의 섹스 파트너를 찾을 수도 있다. 하지만 나를 두렵게 하는 것이 있으니 우리 세대의 남자들은 보통 요즘 남자들만큼 세련되지 않다는 사실이다. 우리 세대는 다들 훨씬 내숭을 많이 떨었으며 섹스는 금기시되었다. 섹스에 대해 친구들과도 거의 이야기하지 않았으며 남자들과 그에 대해 얘기하는 일은 더군다나 없었다. 친밀한 행위를 시작하기 전에는 불을 껐다. 또한 남성의 성적 만족이 더 중요하게 여겨지곤 했다. 여성의 욕망에 대해 이야기하는 경우는 거의 없었나.

다행히 나의 남편은 달랐다. 남편은 섹스 중에도 내가 만족하는지를 항상 중요하게 생각했다. 남편이 보통 남자들과는 달랐으니 나로서는 우리 세대의 남자들을 시험해보고 싶은 생각이 그다지 들지 않았다.

사실 나는 섹스 그 자체보다는 그 이전과 이후의 분위기가 더 그립다. 남자의 강렬한 시선을 받는 것. 누군가가 당신의 다리와 배를 쓰다듬고, 당신을 향한 남자의 욕망이 얼마나 불타오르는지를 느낄 때의 기분. 그리고 단단한 포옹의 느낌.

이 모든 것은 내 또래의 대부분의 여성들에게는 더 이상 존재하지 않는다. 이 세상은 젊은 여성들의 아름다움에만 너무나 집중하므로 이미 수십 년 동안 나는 투명인간 취급을 받아왔다. 게다가 일상 속에서의 부드러운 접촉도 줄어든다. 늙은 후로는 누구도 나를 그렇게 꼭 껴안지 않는다. 연약한 갈비뼈가 부러지기라도 할까 봐 사람들이 내 몸 주변에 다가오지 않는 느낌이다.

나는 침대에서 같이 곡예를 할 수 있는 사람이 필요한 게 아니다. 하지만 잠들기 전 나를 꼭 껴안고 잘 자라고 말해주는 사람이 있다면 참 좋겠다.

삶에서 배운 것들

노년의 중요한 깨달음

젊은 시절 나는 고민하느라고 머리를 쥐어짤 때가 많았다. 나의 행동이 과연 올바른 것이며 내가 바른 결정을 내린 것일까? 나이가 들어도 계속 행복한 삶을 향유할 수 있을까? 남편을 향한 내 사랑이 오랫동안 유지될까, 아니면 에리히 캐스터너Erich Kästner가 표현한 대로 "지팡이나 모자처럼 언젠가는 잃어버리게 될까?"

나의 삶을 되돌아보면 그런 걱정들은 그저 기우였다는 걸 깨닫게 된다. 물론 살면서 실수도 했다. 하지만 그게 문제가 되지는 않는다. 돌아보면 잘못된 결정이라 해도 큰 영향을 미치지는 않았다. 또한 나의 삶을 풍족하게 채워준 것은 크고 작은 수많은 순간들이었나. 또한 자신의 목소리에 귀 기울일 줄 알았던 내 자신 덕분이기도 했다.

나이 든 사람들이 대체로 지혜롭다는 말을 나는 수긍할 수 없다. 내가 좀 더 지혜롭고 성숙해졌으면 하는 순간들이 지금도 많다. 그러나 손녀의 부탁을 받고 나는 내가 지구상에서 살아온 수십 년 동안 과연 무엇을 배웠는지에 대해 곰곰이 생각해보기로 했다. 젊은 나에게 늙은 내가 말해주고 싶은 행복의 본질은 무엇인가?

내가 깨달은 몇 가지가 있다.

과거에는 순간을 즐기기보다는 나중에 무슨 일이 생길지 '미리 걱정하는 버릇'이 있었다. 나는 그걸 '가정법적 사고'라고 부른다. 저녁 시간에 친구들과의 대화나 한 잔의 와인으로 흥이 오른 나의 기분을 즐기기보다는 그 다음날 얼마나 피곤할지 혹은 늦은 귀갓길이 얼마나 성가실지를 먼저 생각하곤 했다. 하지만 미리 생각해봤자 도움이 되는 건 없었다. 오히려 순간의 아름다움을 증발시키고 시간이 덧없이 지나가도록 할 뿐이다. 지난 몇 년 동안 나는 이 같은 가정법 사고에 맞서 아름다운 순간들을 즐기는 법을 배우게 되었다. 그러면서 나의 삶도 점점 나아졌다.

지난 해 북해를 여행하면서 나는 이것이 북해를 마지막으로 보는 시간이 아닐까 하는 생각에 잠겼다. 하지만 해변에 서는 순간 그런 생각은 온데간데없이 사라지는 걸 느꼈다. 나는 내 발바닥 아래에서 느껴지는 차갑고 거친 모래알의 감촉에 집중했다. 파도의 일렁거림을 보았고 이따금씩 꽥꽥거리는 갈매기의 소리를 들었다. 북해를 보는 것이 이번이 마지막이라 할지라도 괜찮을 것 같았다. 바로 그 순간 나는 살아 있었기 때문이다.

나 자신과 주변을 통해서 거듭 확인한 단순한 '사랑의 법칙'이 있다. 파트너가 얼마나 매력적인지는 궁극적으로는 중요하지 않다. 단지 그가 따뜻한 시선으로 세상을 바라보는가가 중요하다. 일상 속에서 유머를 잃지 않으며 당신과 함께 웃을 수 있다는 것, 또한 당신이 우울하거나 포옹이 필요할 때를 알아차릴 수 있는 것이 중요하다.

항상 나를 두렵게 하는 것들이 있지만 나는 더 이상 그것들로 인해 고통받지 않는다. 두려움은 그 자체로는 나쁜 감정이 아니다. 살아가면서 두려움을 느끼지 않는 사람은 없다. 종종 두려움은 누가 나에게 중요한지, 그 사람 없이는 살 수 없는지를 알게 해준다. 따라서 두려움을 느낄 때 나는 그걸 없애기보다는 감정을 분석하려 한다. 나는 스스로에게 말한다.

"물론 두려움을 느끼겠지. 그건 사랑하기 때문이야."

과거 나는 집안일로 지나치게 '불필요한 스트레스'를 받아왔다. 시댁 식구들이 우리 집을 방문할 때 나는 그걸 '가정 방문 시간'이라고 부르곤 했다. 시댁 식구들이 우리 집 창틀에 먼지가 묻었는지를 손가락으로 검사하는 걸 알았기에 그들에게 비난받고 싶지 않아서 나는 먼지 한 톨도 없이 청소를 하곤 했다.

하지만 요즘에는 속으로 말한다. 그게 나와 무슨 상관인가? 먼지 몇 톨이 과연 나를 나쁜 사람으로 만들 수 있는가? 분명히 아니다. 만약 사람들이 그런 피상적인 것들로 나를 판단한다면 그렇게 하라지! 나는 더 이상 그런 것들에 대해 염려하거나 나 자신에게 지나친 부담을 주고 싶지 않다. 이제는 사람들을 저녁 식사에 초대할 때 식탁보를 사용하지 않는다. 식탁보를 씻고 다림질하는 것이 귀찮기 때문이다. 게다가 원목 테이블 상판의 무늬가 훨씬 더 보기 좋지 않은가?

전체적으로 나는 스스로에게 좀 더 '관대해지는 법'을 배웠다. 오랫동안 나는 내 친구와 가족들에게만 너그러웠다. 그들의 크고 작은 실수를 크게 개의치 않고 자연스럽게 용서했다. 반면에 내 자신에 대해서는 언제나 모자란다며 맹렬히 비난하고 이런저런 상황에서 왜 그런 행동을 했는지에 대해 스스로를 모질게 괴롭혔다.

하지만 이 모든 세월이 흐르고 늙은이가 된 후 나는 마침내 나 자신과 친구가 되었다. 내가 다른 모든 사람들과 마찬가지로 완벽하지 않다는 것을 인정하지만, 내가 크니게의 책에 나오는 인물처럼 행동하지 않는다고 해서 스스로를 들볶을 필요는 없는 것이다. 나는 실패할 수 있다. 실수도 할 수 있다. 하지만 이 모든 것에도 불구하고 나는 나 자신을 사랑할 수 있다. 또한 나의 실수를 받아들이고 용서할 것이다.

악마에게 사로잡혀도 좋다

사후 세계에 대하여

어렸을 때 일주일에 한 번씩 고해를 해야 했다. 고해 의식은 나의 창의력을 발전시키는 데 크게 일조했다. 일주일마다 신부님에게 이야기할 거리를 생각해야 했으니까. 그건 일종의 창작 행위이기도 했다. 죄악으로 여겨질 만큼 충분히 나쁜 행동이되 묵주를 너무 많이 돌리는 기도는 하지 않아도 될 정도로 무해한 행동이어야만 했다.

단 하나의 문제는 그 나이에 나는 진정한 죄악이 무엇인지 전혀 알지 못했다는 데 있었다. 8살 때, 처음 성찬식을 치렀을 때 나는 착하고 나쁜 것의 차이를 이해하기 시작했다. 음식을 똑바로 앉아 먹는 것은 착한 일이고 식료품 저장고에서 케이크 한 조각을 훔치는 것은 나쁜 일이었다. 그래서 나는 허락 없이 초콜릿 케이크를 훔친 이야기를 자주 고해 시간에 신부님에게 고했다.

가톨릭 교회가 마음에 들지 않는 부분도 있다. 인간이 죄인이라는 생각, 그러므로 순수한 양심을 갈구해야만 한다는 생각. 이것은 신약성서에서 읽은 내용과 완전히 모순된다. 내 생각에 신약성서는 무한한 사랑과 용서에 관한 것뿐이다.

지금은 교회도 이 같은 방향으로 변화하려는 움직임이 있다. 하지만 어린 시절의 교회는 여러모로 나를 두렵게 했다. 마을 공동묘지의 시체안치소에는 최후의 심판을 그린 벽화가 있었다. 시체들이 기어 나오는 관이 널브러져 있었다. 몸통의 절반은 구름 위에 있는 노인을 향하고 나머지 절반은 불에 탄 채로 고통으로 울부짖고 있었다. 천국인가, 지옥인가. 그 확률은 각각 절반으로 보였다. 이 벽화의 이미지는 내 머릿속에 각인되었고 나는 평생 희미한 죄의식을 마음속에 품고 살았다. 초콜릿 케이크를 너무 많이 먹었다고 하나님에게 혼나지 않을까?

이제 나는 이 두려움을 떨쳐버릴 수 있어서 몹시 가뿐하다. 나는 더 이상 사후 세계를 믿지 않는다. 육신의 부활도, 천국의 문지기인 베드로가 나를 천국으로 들여보낼지 말지를 결정한다는 것도 이제 더 이상 믿지 않는다.

남편이 손에 화이트와인 잔을 들고 구름 위에 앉아 있었다고 상상해보자. 푹신푹신한 이 천국은 대체 얼마나 넓어야 할까? 죽은 남편들과 소중한 애완견과 고양이들이 모두 그곳에 살고 있다면?

나는 종교란 상상할 수 없는 것을 상상하기 위한 시도라고 생각한다. 그렇지 않으면 자신의 삶이 한 번에 느닷없이 끝난다는 걸 사람들이 감당할 수 없을 테니까. 우리 인간은 그토록 지혜로운 척하지만 실상 아는 것은 너무나 적다. 우리는 우주의 한 귀퉁이조차 이해하지 못한다. 어쩌면 본능적인 이기심을 떨쳐내고 타인에게 사랑을 베풀 수 있게 하는 우리 안의 이 신성한 불꽃을 영혼이라고 부를 수도 있을 것이다. 어쩌면 이 영혼은 불멸의 존재여서 우리가 죽은 후에 정원을 맴도는 나비나 나뭇가지에 앉은 아름다운 까마귀의 몸속으로 들어갈 수도 있을 것이다.

하지만 나는, 인간은 마지막 숨을 거둔 후에 더는 존재하지 않는다고 믿는다. 그렇다고 그것이 나를 두렵게 만들지는 않는다. 나는 초원의 데이지 꽃과도 같다. 언제일지 모르지만 어느 순간 누군가가 내 뿌리를 캐거나 꺾어버릴 수도 있다. 하지만 여름이 다시 오면 데이지는 새로 피어날 것이다. 삶의 아름다움은 줄어들지 않는다.

나의 죽음을 생각하며 나는 단 한 가지 결론만을 얻을 수 있다. 잠깐이나마 이 지구에 머문 이 시간이 그저 기막히게 멋진 시간이라는 것이다. 두려워할 필요도 없고, 죄의식을 느낄 필요도 없고, 그저 역사 속에 잠깐 등장한 존재의 한 토막을 기꺼이 누리고, 즐기면 되는 것이다. 나는 웃고, 마시고, 아이들과 손주들이 나를 떠올릴 때 항상 따스함을 느낄 수 있도록 실컷 사랑을 베풀며 살고 싶다. 이것이 내가 추구하는 유일한 불멸의 형식이다.

옮긴이 **이덕임**

동아대학교 철학과와 인도 뿌나대학교 인도철학 대학원을 졸업했다. 오스트리아 빈에서 독일어 과정을 수료했으며, 현재 바른 번역 소속 번역가로 일하고 있다. 옮긴 책으로《행복한 나를 만나러 가는 길》,《선생님이 작아졌어요》,《비만의 역설》,《구글의 미래》,《시간의 탄생》,《내 감정이 버거운 나에게》,《어렵지만 가벼운 음악 이야기》,《엘리트 제국의 몰락》,《안 아프게 백년을 사는 생체리듬의 비밀》,《불안사회》,《세상의 모든 시간》,《세균, 두 얼굴의 룸메이트》등이 있다.

늦게라도 시작하는 게 훨씬 낫지
80이 넘어 내가 깨달은 것들

초판 1쇄 발행 2021년 4월 12일

지은이 메흐틸트 그로스만·도로테아 바그너
옮긴이 이덕임
펴낸이 성의현
펴낸곳 (주)미래의창

출판 신고 2019년 10월 28일 제2019-000291호
주소 서울시 마포구 잔다리로 62-1 미래의창빌딩(서교동 376-15, 5층)
전화 070-8693-1719 **팩스** 0507-1301-1585
이메일 mbookjoa@naver.com
ISBN 979-11-91464-06-1 03850

※ 책값은 뒤표지에 있습니다. 잘못된 책은 바꿔 드립니다.